KEITAI
SHOUSETSU
BUNKO
野いちご SINCE 2009

極上男子は、地味子を奪いたい。①
～トップアイドル（♀）正体を隠して編入する～

＊あいら＊

JN030591

⊙ STARTS
スターツ出版株式会社

"1万年にひとりの逸材" と言われた、
元人気No.1アイドル、「カレン」。

普通の高校生活を送りたい彼女が、
電撃引退後、正体を隠して編入した学園は……。

個性豊かな、彼女のファンで溢れていた。

「お前のことは、俺に守らせろ」
総合首席の御曹司で、校内を統率する暴走族の総長。

「生徒会に、お前のような地味な女は必要ない」
完璧主義の生徒会長。実はカレン命の熱狂的ファン。

「ごめんね……好きなんだ」
生徒会副会長。心優しい執着気質美男子。

生徒会役員、暴走族の最強幹部まで……。
元人気No.1アイドルを巡る恋のバトル、始動。

超王道×超溺愛×超逆ハー！
＼御曹司だらけの学園で、秘密のドキドキ溺愛生活／

極上男子は、地味子を奪いたい。 1

〜トップアイドル（♀）、正体を隠して編入する〜

同一人物

地味子に変装中の花恋の姿

伝説のアイドル"カレン"の姿

元トップアイドルの
美少女

一ノ瀬 花恋
いちのせ かれん

1年

1万年にひとりの逸材と言われた元トップアイドル。電撃引退をしたが、世間では今も復帰を望む声が相次いでいる。正体がバレないように地味子に変装して"普通の学園生活"を送ろうとするけれど…？

あらすじ

主人公の一ノ瀬花恋は、伝説の人気を誇った元トップアイドル。借金を返し終え電撃引退した彼女は、普通の学園生活を送るため、正体を隠して星ノ望学園に編入した。しかし、その学園にはアイドル時代の"カレン"のファンがいっぱいで……!?　完璧な地味子姿になった花恋は、令嬢や御曹司ばかりの校内で浮いてしまい、過酷なスタートを切ることに。しかし、唯一ひとりだけ正体を見破った人が現れて——？　溺愛度MAXの学園生活スタート♡

圧倒的な存在感を
放つ気高き総長

花恋の正体を
唯一知っている

2年

長王院 天聖
ちょうおういん てんせい

LOSTの総長でシリウス（全学年の総合首席者）。学園内でずば抜けて人気がある国宝級イケメン。旧財閥である長王院グループのひとり息子だが、LSに所属している。花恋とは昔出会ったことがあるようで…？

1年

守堂 蛍
うどう ほたる

LOSTメンバーで花恋のクラスメイト。成績優秀で生徒会に勧誘されたが辞退した。響と一緒にカレンのイベントに通ったこともある。

1年

月下 響
つきした ひびき

LOSTメンバーで花恋のクラスメイト。勉強嫌いで関西弁。カレンの大ファンでカレンのことを天使だと絶賛している。

続々イケメン登場…！お楽しみに！

女嫌いで冷酷な
生徒会長

2年

久世城 正道
（くぜしろ まさみち）

生徒会長。表では文武両道の完璧美男子だが、本性は腹黒い。カレンの大ファンで、カレンも認知しているほどライブや握手会に足繁くかよっていた。天聖にシリウスの座を取られたことを恨んでいる。

1年

京条 陸
（きょうじょう りく）

生徒会役員で花恋のクラスメイト。比較的優しいほうだが、自分の利益を優先して動く。カレンのファンだが、手の届かない存在だと思っている。

2年

水瀬 伊波
（みなせ いなみ）

生徒会副会長。生徒会で唯一優しい性格をしているが、正道の命令には逆らえない。カレンのファンだが、正道がいる手前公言はしていない。

続々イケメン登場…!

お楽しみに!

星ノ望学園の階級制度

First Star 通称 FS
ファースト スター ／ エフエス

生徒会の役員だけに授与される称号。生徒会に入るには素行の良さと成績が重視され、学年の中でも数少ない成績上位者だけに与えられる。生徒会は表面上では華やかで人気があるが、生徒会長・正道の権力の強さは圧倒的で、裏ではほぼ独裁的な組織運営となっている。

Lost Star 通称 LS
ロスト スター ／ エルエス

暴走族LOSTのメンバーだけに授与される称号。生徒会入りを拒否した者は強制的にLOSTのメンバーになる。総長・天聖はグループを束ねることはしないが、持ち前のカリスマ性で自然とメンバーを統率。唯一、FSに対抗できる組織であり、生徒会の独裁的な運営を裏で抑圧している。

Normal Star 通称 NS
ノーマル スター ／ エヌエス

一般生徒のこと。学園内のほとんどの生徒がこの階級に属する。品行方正なFS派か、派手で目立つLS派かで生徒間では派閥がある。

Sirius

Sirius
シリウス

全学年の総合首席者に授与される称号。学業と身体運動の成績を合わせた実力のみで選定される。今年は学園創設以来初めて、FSではなくLSの天聖がシリウスに選ばれた。シリウスはひとつだけ願いを叶えてもらえる"命令制度"を使う権限をもち、その命令には生徒はもちろん教師さえも逆らうことはできない。

contents

プロローグ

"1万人にひとりの逸材" と言われている、トップアイドルがいた。

一ノ瀬花恋。活動名はカレン。

圧倒的に美しい顔立ち。その美しすぎる見た目から一見冷たい印象を受けるが、笑顔を浮かべるとたちまち愛嬌が溢れる彼女に、世界中が虜になった。

ダンスや演技、歌の才能もトップレベル。コンサートのチケットは秒速で完売。握手会やイベントでは人が溢れかえり、国内でその名を知らないものはいないほどの驚異的な人気を誇っていた。

しかし、ある日──。

「私、カレンは……芸能界を引退します！」

彼女は引退宣言をした半年後、芸能界から姿を消した。

彼女はどこへ行ったのか──。

マスコミやファンたちのさまざまな噂や憶測が飛びかうなか、彼女はひそかに、ある学園に編入する準備を進めていた。

1 st STAR
星ノ望学園
ほし の のぞみ

新たな生活

「花恋、行くわよ〜！」

「はーい！」

　迎えにきてくれた"元"所属事務所の社長に呼ばれ、車に乗る。

　後部座席には、マネージャーだった高御堂が座っていた。

　薄紫色のストレートな髪と同じ色の瞳が、私を見ている。切れ長の目は、よく機嫌が悪いと勘違いされるらしいけど、多分顔が整っているのもきつく見える原因だと思う。

　本当は、すごく優しくて頼りになる人だけど。

「高御堂も来てくれたの！」

「ふたりじゃ荷ほどき間に合わないだろ」

「ありがとうっ……！」

　お礼を言って、高御堂の隣に座る。

「花恋、忘れ物ないわね？」

「うん！」

「じゃあ行くわよ」

　そう言って、車を発進させた社長。

　これから……私の、新しい生活が始まる。

　私は、少し前まで「カレン」という名前でアイドルとして活動していた。

　アイドルになったきっかけは、お父さんがお友達に騙さ

れて負ってしまった借金を返済するため。

　ちょうどどうしようかと悩んでいる時に、社長にスカウトされた。確か……小学5年生の時。

　本来、目立つことが苦手だった私。正直、アイドルになるなんて不安しかなかったけど、家族のために芸能界へ飛び込んだ。

　もちろん、お父さんとお母さんはそんなことはしなくていいと言ってくれたけど、ふたりの妹、3人の弟はまだ幼かったから、お父さんとお母さんに共働きはしてほしくなかったんだ。

　妹や弟たちに寂しい思いをさせたくなかったから。

　全部理解してくれている社長が全力でサポートをしてくれて、徐々にお父さんの借金も減っていった。

　小学5年生でソロアイドルとしてデビューしてから、最初の頃は練習ばかりで表に出ることは少なかったけど、中学生になってから、楽曲を提供してもらうことが増え、コンスタントに歌を出すようになった。

　ライブや握手会も毎月頑張って、中学1年生の時にはドラマや映画にも出させてもらえるように。

　そして……アイドルになって2年と少し、山のようにあった借金の返済が終わった。

　借金がなくなればアイドルを辞めるつもりだったけど、社長にはお世話になったからすぐにというわけにはいかなかった。社長は気にしなくていいと言ってくれたけど、私の気がすまなかった。

　せめて、お世話になった分の恩は返したかったから。社長と相談して中学3年生までは続けるという約束をした。

　そして、中学校を卒業すると同時に、ついに私はアイドルを辞めて、芸能界から引退した。それが、半年前のことだ。

『私、カレンは……芸能界を引退します！』

　そう宣言してからは、もう一年が経つ。

　最初は電撃引退をするつもりだった。

　引退宣言をしたら、ほかの事務所から声がかかったり、ファンや業界から引き止められるだろうから……って。

　その後の仕事でも、根掘り葉掘り聞かれるだろうから、宣言してすぐに引退をするのがベストだってことになったんだ。

　でも……それだけはしたくなかった。

　だって、突然辞めてしまったら、ファンの人たちが困惑してしまう。

　こんな私をずっと応援してくれていたファンの人たちには、せめて引退することを事前に伝えたかったし、引退するまでの期間、恩返しがしたかった。

　社長や高御堂の反対を押しきって、私は引退宣言をしてからの半年の間、ファンの人との交流イベントに全力を注いだ。

　ライブや握手会、毎日たくさんのファンの人たちと触れあった。私を支えてくれた人たちのおかげで、アイドルとして有終の美を飾ることができたと思っている。

　アイドル活動は楽しかったけど、私には向いていないと思っていたから、芸能界に未練はない。

　できるなら、本心では目立たずひっそりと生活したい派だったから。

　それに、ずっと芸能界にいたから、普通の学校生活に強い憧れ（あこが）があった。

　中学3年で引退したのも……高校生活を、送るため。

　明日から……私は星ノ望（ほしののぞみ）学園という高校に通うことになっている。ちなみに、明日から2学期が始まる時期。

　本当は入学式に合わせたかったけど、いろいろな手続きがあって遅れてしまって、編入という形になった。

　今は、社長と高御堂と、新居（しんきょ）に向かっている最中だ。

　目の前に迫った新しい生活のスタートに、私は胸（むね）を躍（おど）らせていた。

「社長、何から何までありがとうございます……」

　引退してからも、マスコミから守ってくれたり、引退後のさまざまなことに対応してくれたり……そして、私が入学する高校、引越し先まで手配してくれた社長。

「いいのよこのくらい。あんたは今まででたくさん、うちの事務所に貢献（こうけん）してくれたからね」

　運転席に乗っている社長が、そう言って微笑（ほほえ）んでくれた。

「そうだな」

　隣（となり）にいる高御堂も、ふっと笑った。

「引退したって、花恋はずっとうちの所属タレントだ。家

族同然なんだから、困ったことがあればいつでも頼ってくれよ」

　高御堂の言葉が、胸にじーん……と響く。

「高御堂〜!!」

「……っ!　お、おい……!」

　私は思わず、高御堂にぎゅうっと抱きついた。

「ちょっと花恋、高御堂の心臓が止まるわよ」

　社長が、ミラー越しに私たちを見てニヤニヤしている。

「心臓……?」

「は、離れろ!」

　そんなに嫌がらなくてもいいのになぁ……。

　私を引きはがした高御堂に、ちょっとだけ悲しくなった。私が抱きつくと、いつも嫌がられてしまう。

「クールな高御堂も、花恋には敵わないわね……」

「ニヤつかないでください、社長」

「ふふっ、あたしはあんたを応援してるわよ」

「……っ」

　楽しそうに笑っている社長と、顔を赤くして不満げに眉をひそめている高御堂。

「ふたりとも、なんの話をしてるの?」

　首をかしげた私を見て、ふたりは同時にため息をついた。

「ほんと、天然たらしなんだから」

「……お前、これからは俺たちが近くにいるわけじゃないんだから誰かに気安く抱きついたり、スキンシップをとったりするなよ」

　え……？

「どうして？」

「自分の美貌を自覚しろって、いつも言ってるだろ……！」

　美貌って……。

　確かに、アイドルをしていたから、身だしなみには気を
つけていた。

　美容に関しても、徹底的に自分を磨いていたつもりだ。

　けど……素材自体は普通だと思う……。

　可愛い衣装や、メイクさんの力で綺麗に変身させても
らっていたようなものだもん。

　それに……。

「でも、変装していくから大丈夫だよ」

　私は「カレン」ではなく、一ノ瀬花恋として平穏な高校
生活を送るんだ。

　素顔で登校したらさすがにバレるかもしれないから。

「いいか？　バレたら、一巻の終わりだからな？」

　怖い顔で、脅すように言ってくる高御堂に、ピンッと背
筋が伸びる。

「は、はい！」

「何があっても、変装は解くなよ？」

　も、もちろん、バレないように細心の注意を払うつもり
だっ……。

　こくこくと頷くと、高御堂はそんな私を見てまたため息
をついた。

「本当に大丈夫なのか……」

　そ、そんなに信用ないのかな、私……。

　少しショックを受けながら、社長が運転する車で新居へと向かった。

　「ここよ」

　車が停（と）まったのは、綺麗な高層マンションの前だった。

「えっ……」

　う、嘘……。

「こ、こんなすごいマンションに……」

　私ひとりで、住むのっ……？

「セキュリティは国内トップクラス。ここなら入居者以外は入れないし、住所を特定されることもないでしょう」

　社長が、ドヤ顔でそう説明してくれた。

「さ、入るわよ」

　私には不釣（ふづ）り合いな豪華なマンションに、身を縮ませるようにして社長のあとをついていく。

　ここ……タ、タワーマンションっていうところだっ……。

「本当は花恋が通う高校は、ほとんどの生徒が寮に入っているんだが、さすがに寮生活では気が休まらないだろ？」

　エレベーターに乗りながら、高御堂が説明してくれる。

　そういえば、寮制だって言ってたなぁ……。

　寮生活も憧れるけど、確かに寮の中でまで変装しなきゃいけないっていうのは、しんどいかもしれない……。

　社長と高御堂の気遣いには感謝するけど……で、でも、さすがにこのマンションは贅沢（ぜいたく）すぎるよっ……。

　節約が趣味で、貧乏性が抜けていない私にはあまりにも
分不相応すぎる。

　「この部屋よ」

　さ、最上階……。

　社長がひとつの部屋の前で止まり、ドアの前でカード
キーをかざす。

　玄関の中に入った私は、言葉を失った。

　き、綺麗すぎるっ……。

　ほとんどの家具がすでに揃っていて、まるでモデルルー
ムのような室内だった。

　まるでお姫様の部屋のような、エレガントな雰囲気。派
手すぎるわけではなく、白で統一された清潔感のある空間
だった。

　明るい自然光が差し込む大きな窓もある。最上階だから
眺めも良く、夜はきっと美しい夜景が一望できるんだろう。

　「どう？　気に入った？」

「き、気に入ったというか……ご、豪華すぎますっ……」

　普通のアパートで、十分だったのにっ……。

「世間は今でも花恋を探してるのよ。いつどこでマスコミ
の人たちに見つかるかもわからないし、このくらいセキュ
リティを完備しているところじゃなきゃ」

　そう言われると、何も言いかえせない。

　引退してからも変装しなきゃ外を歩けないし、テレビを
つければまだ、私の話題がされていることもある。

　だから極力、テレビは観ないようにしていた。

「事務所で所有している部屋だから、気にせずに好きに使いなさい」

　また、社長に借りができてしまった……。

「あ、あの、いつかちゃんとお返しします……！」

　何もかも、お世話になってばかりだ……。

「何言ってるのよ。これは入学祝いよ。花恋のおかげで、うちの会社も一躍人気芸能事務所になったんだから。こんなもんじゃ足りないくらい、花恋には感謝してるの」

「社長……」

　優しい社長の言葉に、涙がじわりとにじんだ。

　そんな私を見て、高御堂がくしゃっと頭を撫でてくる。

「早く荷ほどきするぞ」

「うん！」

　私はみんなに助けられているなあ……。

　改めて、そう思った。

　届いていた荷物を、ふたりに手伝ってもらいながら片づけていく。

　あ……！

「これ、制服！　届いてたんだ……！」

　明日から着ていく制服を見つけて、私は目を輝かせた。

「やっぱり、星ノ望学園の制服は可愛いわね」

「はい！」

「着てみなさいよ」

　私は社長の提案に大きく頷いて、制服に着替えてみた。

　わ～……！　すごく可愛い……！

　黒を基調とした、お上品な制服。鏡の前で、くるっと一回転する。

　ふふっ、明日からの生活が、ますます楽しみになってきたっ……。

「どうかな？」

　ふたりの前に出ると、社長と高御堂が目を見開いた。

「……さすが花恋」

「……まあ、似合ってるな」

　ふふっ、お世辞でもうれしいっ……。

「わかっていると思うが、そのままの状態で通うなんてご法度だからな」

　……ぎくっ。

　そんな音が、鳴った気がした。

　そうだよね……変装は絶対だもん……。

「そこで、これの出番ね！」

　社長が、段ボール箱からあるものを取り出した。

「メガネとカツラ……これだけで、本当に大丈夫ですか？」

　そう、段ボール箱から出てきたのは、大きなメガネとおさげのカツラだ。

「高御堂は心配症ね。確認してみる？　花恋、このメガネつけてみて」

　これをつけて学校に通うのかぁ……あはは。

　言われるがまま、メガネをかけてみる。

「ど、どうかな？」

「うん、特注したメガネもいい感じね。これは普通よりも
目のサイズが小さく見えるの」

　確かに、鏡に映っている自分を確認すると、目の大きさ
が半分くらい小さく見えた。

「近視メガネみたいなものね。花恋は目が大きいから、こ
れでずいぶん別人に見えるわ」

「伊達メガネなのに、すごい……！」

　どんな仕組みなんだろう……？

「……でも、外したらひと目でわかりますね」

「そのためのカツラよ！」

　う……カ、カツラ……。せめてウイッグって言ってほ
しいっ……。

「前髪も長いものを用意したから、これで顔が隠れるわ」

　社長が、そのカツラを私にかぶせた。

「……まあ、これだったらわかりませんね」

「でしょう？　どうみても、オカルト趣味でもありそうな
格好だけど」

　オ、オカルト……。怖いのは苦手っ……。

　でも、確かにこのカツラ、すごいっ……。

　長い前髪でメガネごと隠れるし、カツラっぽく見えるこ
ともない。

「本当はこれにプラスしてマスクもさせようと思ったんだ
けど……それじゃあ怪しいし、逆に目立つでしょ？」

「そうですね」

「いい？　花恋。このふたつ、絶対外すんじゃないわよ？」

　社長に釘を刺され、私は「は、はい！」と返事をした。
「それと、念のためカラーコンタクトも入れておいたから、それもつけること！」
「カラコンも……？」
　前髪とメガネがあるから、そこまでしなくても大丈夫じゃないかな……？
「お前の目は目立つからな」
「そうかなぁ……」
　瞳の色が薄いって言われるけど、あまり目立つって感じじゃないと思う……。
「花恋に見つめられて、恋に落ちない人間はいなかったものね……あんたもしかり」
「……っ、社長……！」
「フフフッ、ごめんなさい」
　面白がっているような社長と、また顔が赤くなっている高御堂。
「……？」
「ほら、早く片づけするぞ。……いや、そろそろ休憩にするか。出前頼むけど何がいい？」
「お肉！」
「そう言うと思った……」
　高御堂が、呆（あき）れたようにため息をついている。
「それじゃあ、今日は奮発（ふんぱつ）して豪華な焼肉弁当でも頼みましょうか」
「やったー！　私、大盛りがいいです……！」

24

「はいはい。ほんと、誰もカレンが大食いだとは思わない
だろうな……」
「そうねぇ。いくら食べても太らないなんて、うらやまし
いわ……」
　お弁当が届くまで、私たちはたわいもない話をしながら
荷ほどきを進めた。

　作業は、結局夜まで続き、片づけが全部終わると、社長
と高御堂は立ち上がって帰る準備を始めた。
「それじゃあ、あたしたちは帰るわね」
　車を停めた場所まで一緒に行くと言ったけど、危ないか
らと言われて玄関で見送ることに。
「本当にありがとうございました……！」
　私はふたりに向かって、深く頭を下げた。
　ふたりには……感謝しても、したりない……。
「私のわがままを、受け入れてくれて……部屋まで用意し
てくれて、感謝しています……」
　これまでのように、もう頻繁には会えなくなるのか
な……。
　そう思うと、寂しくて涙が視界を歪めた。
「ちょっと花恋、何泣いてるのよ」
「そうだぞ。……そんなふうに泣かれたら、帰りづらいだろ」
　う……だって……。
「ふたりのこと、大好きですっ……」
　ぎゅうっと、強くふたりに抱きつく。

「うれしいわね〜」

「……はいはい」

　私にとって、もうひとりのお母さんと……お兄ちゃんみたいな存在。

　大事な大事なふたり。

「いつでも連絡してこいよ」

「う、うん……！」

　私は涙を拭って、笑顔で返事をした。

「またね、花恋」

「元気でな」

　心配をかけないように、笑顔でふたりを見送る。

　ふたりが帰ったあと、寂しさと心細さでまた涙がこぼれたけど、泣いちゃダメだと言い聞かせる。

　泣いたら、目が腫れちゃうっ……。明日は始業式なんだから。

　って、メガネとウイッグがあるから、顔なんて見えないかな……あはは。

　今日はもう、早くお風呂に入って寝よう。

　そう思った時、買っておいた菓子折が視界に入った。

　あ、そうだ、隣の家に挨拶に行かなきゃっ……！

　でも、夜の８時だし、こんな時間に行ったら迷惑だよね……。

　うん、明日にしよう。

　眠る支度を済ませて、ふかふかのベッドに沈む。

　アイドルを引退してから、今日まで……長かった……。

　白い天井を見ながら、アイドル時代のことを思い出す。

　アイドルを精一杯やりきったけど、ひとつだけ心残りが
あった。

　それは……名前を認知していたくらい通いつめてくれて
いた、正道くんというファンの男の子のこと。

　イベントや握手会に欠かさず通いつめてくれていたの
に、最後の握手会に現れなかった。

　最後のお別れができなかったことが……今もずっと気に
なっている。

　正道くん、元気にしているかなぁ……。

　なんて、気にしていても仕方ない。

　最後の握手会に来てくれなかったってことは……単純
に、私に飽きてしまったのかもしれないし……。

　ファンが離れてしまうなんて、よくあることだ。

　引退が決まったアイドルを応援するのはしんどいだろう
し、正道くんもきっと……。

　ずっと応援してくれていたから、そう思うと悲しいけど、
今の私はアイドルではないんだ。

　これからは普通の高校生として、学校に通うんだから。

「高校生活、楽しくなるといいな……」

　友達、たくさんできるかな……。

　遠足前日の小学生みたいな気持ちで、眠りにつく。

　この時の私はまだ……平穏とは程遠い、波乱万丈な学園
生活が待っているなんて、思いもしなかった――。

イケメンさんとの出会い

体調よし、荷物よし、変装よし！
「よぉーし……いってきます！」
誰もいない玄関でそう挨拶をして、私は家を飛びだした。
今日からついに……夢にまで見た高校生活が始まるっ……！
今までももちろん学校には通っていたけど、普通の中学校ではなかった。
芸能クラスだったから、芸能の授業があったりと、学校でも仕事をしているみたいだった。お仕事があったから放課後に遊びにいったり……なんてこともしたことがない。
素顔で出歩くのは禁止されていたから、学生生活の思い出と言えば、誰もいない山奥に行った林間合宿くらい。
だから、高校生活への憧れが強かった。
友達、たくさんできるといいなぁっ……。
買い物をしたり、カフェに行ったり、カラオケに行ったり……ふふっ、考えるだけでワクワクするっ……。楽しみだなぁ。
胸を躍らせながら、学園に向かう。
マンションから星ノ望学園までは、徒歩15分くらい。すぐに着く距離。
……の、はずだった。
「ど、どうしよう……」

　私はなぜか今、住宅街の中にいる。

　こんな道、通らないはずなのにっ……。

「ここ、どこっ……」

　どうしよう……編入早々迷子だなんてっ……。

　時間には少し余裕を持って出てきたとはいえ、この状況じゃいつ学校に辿りつけるかわからない。

　家を出てから、少なくとも30分以上はたっているし、こ、このままじゃ……ち、遅刻しちゃうっ……。

　極度の方向音痴だという自覚はあったけど、徒歩15分の距離を迷うなんて……。

　マップを見ても、イマイチ自分の場所がつかめない。

　高御堂に電話……って、ダメダメ、初日から頼っちゃ……。

　お、同じ制服の人いないかなっ……。

　学校の近くならきっと星ノ望学園の生徒が歩いているかもしれないと思ったけど、あたりには通勤中のサラリーマンが何人か歩いているくらい。

　そういえば、ほとんどの生徒が寮生活だって言っていたもんね……ぜ、絶体絶命かもしれないっ……。

　途方に暮れて、ひとまず角を曲がった時だった。

　あっ……。

　あの制服はっ……。

　私の記憶が正しければ、星ノ望学園のデザインの制服を着ている男の人がいた。背を向けていたから、その人の顔は見えない。

　あれ、でも……色が、違うような……？

　制服は、黒を基調に作られている。

　でも、彼が着ているのは白いジャケット。

　やっぱり、星ノ望学園の生徒ではないのかな……で、でも、近くの高校生かもしれないし、知っているかもしれないっ……。

　とにかく、今は彼に聞くしか道はない……！

「あの……！」

　私は思わず、その彼のもとに駆け寄った。

　バイクにまたがって、ヘルメットを手にぼうっとしていた彼が、ゆっくりと振り返る。

「……」

　──う、わっ……！

　綺麗な、人……。

　驚いて、一瞬見惚れてしまう。

　男の人に綺麗なんて言葉は違うかもしれないけど……まるで、芸術品のような、すべてのパーツが作られたような美しさだった。

　中性的な美しさというわけではなく、男らしさも感じられて……芸能界でもここまで綺麗な人は見たことがない。

　私がスカウトマンなら、すぐにスカウトする……って、そうじゃなくって……！

「すみません、おうかがいしてもいいですか！」

　そう尋ねた私を瞳に映した彼は、なぜか、とんでもなく驚いたように目を見開いた。

「……っ、は？」

　……ん？　ど、どうしてそんなに驚いているんだろう……？

「星ノ望学園に行きたいんですけど……道に迷ってしまって……」

「……」

「あ、あの……？」

　わ、私の顔に、何かついてるかなっ……？

　それとも、このメガネがおかしかった……？

　ただ、じーっと、私の顔を見ているイケメンさん。

　綺麗な顔に凝視され、気まずくなった。

　彼は少しして、ハッと我に返ったように無表情になった。

「……乗れ」

　え……？

　後ろの席から取り出したヘルメットを渡され、首をかしげる。

「歩いてたら間に合わない」

　えっ……もしかして、私、学校の反対方向に向かってたのかなっ……。

　というか……このヘルメット。もしかして、バイクで送ってくれるってこと……？

　い、いい人っ……。

「バイク、怖いか？」

　感動して固まっていると、彼がそう聞いてきた。

　ぶんぶんと、首を横に振る。

「い、いえ……！　ありがとうございます！」

　迷子になったのは災難だけど、イケメンさんがいてくれ
て助かったっ……。

　ありがたくヘルメットを受け取り、かぶる。

「え、えっと……」

　ど、どうやってつけるんだろうっ……。

　困っていると、彼が無言のまま手を伸ばしてきた。

　私のヘルメットを調整し、カチッと止めてくれる。

　や、優しい……。

「乗れるか？」

「はい……！」

　そう返事をしたものの、座席が高くて届かない。

　ううっ……自分の低身長が恨めしいっ……。

「わっ」

　体が浮いて、驚いて声が出る。

　彼は軽々と私を持ち上げて、バイクに乗せてくれた。

「ちゃんとつかまってろ」

　イケメンさんは、そう言ってエンジンをかけた。

「は、はい……！」

　ぎゅうっと、目の前の背中にしがみつく。

　あ……。細身に見えたけど、意外とがっしりしてる……。

　自分とは違う固い背中に、少しだけどきっとした。

　正直、バイクの後ろに乗るのは少し怖かったけど、イケ
メンさんの運転はすごく安定していた。

　安全運転で、いつの間にか周りの景色を楽しんでいたく

らい。

　バイクに乗ってから15分くらいで、学校に着いた。

　私、本当に反対方向に進んでいたんだな……あはは……。

　正門のあたりには誰も人はいなくて、ほとんどの人が寮
生活なのだと改めて理解する。

　バイクを止めた彼が、また私を抱えておろしてくれる。

　ちょっと恥ずかしいっ……。

「ありがとうございました……！」

　彼のおかげで……無事に間に合った……。恩人だっ……。

　感謝の気持ちを伝え、深々と頭を下げた。

「あの、何かお礼を……」

「いらない」

　そ、そんな……私の気がすまない……。

「それよりお前……どうしてこの学園にいる？」

「え？」

　じっと、私を見つめる彼。

「どうしてっていうのは……？」

　見つめてくる瞳の真意がわからず、首をかしげる。

　彼は……ゆっくりと、薄い唇を開いた。

「なんで"カレン"が、この学園にいるんだって聞いてる」

「……っ」

　その名前を口にした彼に、私は驚いて言葉を失った。

　ど、どう、して……バレたのっ……!?

いざ教室へ

「なんで"カレン"が、この学園にいるんだって聞いてる」

「……っ」

　彼の発言に、頭の中が真っ白になった。

　思わずごくりと、息を飲む。

　私……今、変装してるよね……？

　なのに……どうして、私が"カレン"だってわかったの……？

　ただじっと、私を見つめたまま……答えを待っている彼。

　どうしよう、まさかこんなに早くに、バレるんて……っ。

　私は意を決して、恐る恐る口を開いた。

「……」

「……ひ」

「……」

「……人違いです……！！！」

　そう言って、彼から逃げるように校舎へ向かって走る。

　お、追いかけてはこない……今はとにかく逃げよう……!!

　イケメンさん、助けてくれたのにごめんなさい……!!

　心の中で、深く謝罪をした。

　困ったことになってしまった……。

　職員室に向かいながら、無意識のうちにため息をこぼし

ていた。

　まさか編入初日に、カレンだとばれてしまうなんてっ……。

　で、でも、同じ高校の人じゃなかったことが、不幸中の幸いかもしれない……。というか、彼はどうして私がカレンだってわかったんだろうっ……。

　理由がまったくわからない……。

　ガラスに反射している自分の姿を、じっと見る。

　どこからどう見ても……カレンの要素は隠せているはず……。

　私は髪が紫に近い薄桃色で、生まれつきの癖っ毛でパーマのようになっている。

　顔もメガネで隠しているし、気づく要素があるとしたら体型くらいだ。

　でも、152センチなんて珍しくないだろうし、似たような体型の人なんていくらでもいるだろうから……うう、まったくわからない……。

　とにかく、彼にはもう会わないようにしなきゃ……。

　もし彼が、SNSとかで、私を見たという情報を流したりしたら……もう、高校生活を送れなくなってしまうかもしれない……。

　……ううん、そんなことするような人には見えなかったし……今、ここで不安になって悩んでも仕方ない……！

　今はただ何もないことを願おう……！

　そう気をとりなおして、職員室を探した。

　……けど。

「しょ……職員室、どこっ……」

また迷子になっちゃった……。

この学校、広すぎるよっ……。

もうあと5分で遅刻だ……編入初日に遅刻なんて、絶対ダメっ……。

とにかく走って、それらしき教室を探す。

でも、職員室どころか、生徒の影すら見当たらない。

う……せっかく社長が推薦してくれたから、好成績と皆勤賞をとりたかったのに……。

「こんなところでどうしたんですか？」

「……え？」

誰……？

驚いて振り返ると、そこにいたのは……。

心配そうに私を見つめる、美しい顔立ちをした男の人だった。

わっ……。

さっきのバイクで送ってくれたイケメンさんとはまた違う、中性的な……まさに美青年という言葉がぴったり合う男の人。

あれ、でも……私この人と、どこかで会ったことがある気が……。

って、考えている場合じゃない！

「あ、あの、私、編入生で……」

助けを求めるように、彼に駆け寄った。

なぜか彼は私を見て、困惑しているように感じた。

　……ん？

「あ、あの……」

「……ああ、すみません。知っている人と、声がとても似
ていて……」

　あははと、困ったように笑ったその人。

　声……？

「編入生が来ることは聞いていました。あなたのことだっ
たんですね。もしかして……迷子ですか？」

　理解が早い彼に、こくこくと頷く。

　彼は私を見て、柔らかい笑みを浮かべた。

「災難でしたね。案内します」

　い、いい人っ……！

　今日は朝からふたりもいい人に出会ってしまったっ……。

「あ、ありがとうございます……!!」

　お礼を言って、彼の隣を歩かせてもらう。

　時間、ギリギリだよね……。

「もう間に合わないでしょうか……？」

　私の質問に、彼はまたふわりと微笑んでくれる。

「いえ、間に合いますよ。職員室は近いですから」

　よ、よかった……。ほっと、安堵の息を吐いた。

「ここはあまり使われていない旧棟なんです。でも、上の
階に行けば職員室のある棟と繋がっている通路があって、
それを渡ればすぐです」

　そうなんだ……。広すぎて、毎日迷子になりそうっ……。

「編入早々大変でしたね」

　いえ……あなたがいてくれて助かりましたっ……。

　話し方も柔らかいし、紳士的な人だなぁ……。

「そうだ。よかったら名前を聞いてもいいですか？　これから関わることになるでしょうから」

「え……？」

　関わることになる……？

　あ、同じ学校に通うって意味かな……？

「えっと、一ノ瀬花恋です」

「かれん……」

　彼は私の名前を呟くように、復唱した。

「……いや、そんなはずはないか」

「あの……？」

「いえ、なんでもありません。素敵なお名前ですね」

　名前をほめられて嫌な気分になるわけもなく、彼への評価は右肩上がり。

　こんなにいい人がいるなんて、星ノ望学園はきっと素敵な学校に違いない……！

「私の名前は、水瀬伊波です。気軽に呼んでください」

「はいっ……！」

　名前まで綺麗だと思いながら、どこか引っかかる部分があった。

　伊波……。やっぱり、どこかで聞いたことがある気が……。

　もしかして……彼と、会ったことがある……？

「ここです」

　彼……水瀬さんの声に、はっと顔を上げる。

　職員室と書かれた部屋の前にいて、もう着いたのかと驚いた。

「ありがとうございました、水瀬さん」

「伊波でいいですよ。これから同じ学園の生徒として、よろしくお願いします」

「はい！　えっと……よろしくお願いします、伊波さん」

「また困ったことがあれば、言ってくださいね」

　微笑みながら、手を振って去っていった伊波さん。

　今度会った時にでも、以前どこかで会いましたか？って聞いてみようかな……。

　それにしても、伊波さんが案内してくれて本当によかった……。

　改めて、お礼をしなきゃ。

　そう思いながら、職員室のドアに手をかける。

　──ガラガラガラッ。

「遅くなってすみません、編入生の一ノ瀬花恋です……！」

　す、すごく見られてるっ……。

　職員室内にいた先生全員の視線が、私に集まっていた。

「あの子が……」

「ははっ、ずいぶん勉強ができそうな子が入ったね」

　な、なんだかこそこそ言われている気がするっ……。

「おおー一ノ瀬、待ってたぞ」

　手を上げてそう言った先生を見つけ、急いで駆け寄る。

「俺が担任の桐生だ。これからよろしくな」

　若い先生だ……20代後半くらいかな？　気さくそうな
人に見える。

「よろしくお願いします……！」

「教室に行くか」

　さ、さっそく……！

「は、はい！」

　元気よく返事をして、先生と一緒に職員室を出る。

　うわ……き、緊張するなぁ……。

　先生の後ろを歩きながら、心を落ち着かせようと深呼吸
をする。

「それにしても……」

　ん？　何か言いかけた先生を、じっと見つめた。

「一ノ瀬"花恋"なんて名前だから、勝手にどんな生徒か
イメージしてしまってたよ」

　え？　ど、どういう意味だろう……？

「名前が可愛いっていうのも、大変そうだな」

　あ、あれ……もしかして、すごく貶されてる……？

「あはは、はは……」

　確かに、私の格好が地味だっていう自覚はあるけど……
この先生、ちょっと苦手かもしれないっ……。

　「ここが１－Ａ組の教室だ」

　そう言って、教室の戸の前で立ち止まった先生。

　中からは、ざわざわと生徒たちの話し声が聞こえてきた。

　ここが今日から、私の通う教室っ……。

「それじゃあ、少しここで待ってろ」

　先生が先に教室に入っていって、私は呼ばれるのを待つ。
「一ノ瀬、入ってこい」
　聞こえた先生の声に、肩がびくっと跳ねあがった。
　よし……い、行こうっ……！
　友達、たくさんできますように……!!

学園の制度

　ドアを開けて、教室の中へ一歩踏みだす。

　クラス中の視線が、私に集まっていた。

「何あれ……」

「前髪長すぎて顔見えないんだけど……」

「いや、それ以前にあのメガネだろ」

　こ、こそこそ何か聞こえるっ……。

　多分だけど、いい視線ではないのかな……。

「は、初めまして……一ノ瀬花恋です！」

　できるだけ元気よく、そう挨拶をした。

　ぺこりと頭を下げた私を、みんなが好奇の眼差しで見て
いる。

「かれんだって」

「名前と合ってなさすぎ、かわいそ～」

「あたしだったら名前変えるわね～」

　な、なんだか、まだ自己紹介しただけなのに、嫌われて
るっ……!?

　不穏な空気を察して、冷や汗が流れた。

「可愛い女の子期待してたのに、がっかり……」

　ぼそっと、男の子の声が聞こえた。

　がっかりさせてしまって……なんだか申し訳ない……。

　ごめんなさいと、心の中で謝る。

「そうだ。一ノ瀬……お前は生徒会役員に決まったらしい」

「え？」

　担任の先生の言葉に、教室内がざわついた。

　生徒会役員？　私が……？

　どういった基準で生徒会役員になれるのかわからないけど……編入生がいきなり生徒会に加入なんて、いいの？

「一ノ瀬が入る代わりに、石田が生徒会から降格になる。あとでバッジ、交換しにこいよ」

「はぁ……!?」

　石田さんと呼ばれた女生徒が、顔を青くしながら勢いよく立ち上がった。

「嘘だろ……編入早々生徒会？」

「あんな奴がFS生に……」

「バケモノだろ……」

　な、なになに……全然わからない……。

　生徒会に入ることに、どんな意味があるんだろう……？

「一ノ瀬も、これをつけておけ」

　これ……？

　先生から渡されたのは、Fと書かれたバッジだった。

　F……？

「それじゃあ、そこの空いている席に座れ」

「は、はい！」

　先生が指を差した席に、急いで座る。

　なんだか、わからないことだらけだっ……あとで先生に聞こう。

　バッジをどこにつけていいかわからず、ひとまずポケッ

トにしまった時、左隣の席から視線を感じた。

　ん……？

　な、なんだろう……じっと見られてる……？

　左隣に座っているのは、明るい髪色をした、身長が高い男の子。

　座っている状態でも背が高いと、ひと目でわかるくらい大きい。

　かと言って、大柄というわけではなく、すらりとした細身のモデル体型。

　この学校……綺麗な顔をした男の人しかいないのかな？

　そう思うくらい、整った顔立ちをしている人……が、私のことを凝視している。

「え、えっと……」

　困ってしまって苦笑いを浮かべると、彼はにっこりと微笑んだ。

「初めまして。キミ、生徒会に入るんだね」

　生徒会……確かに、さっき先生がそう言っていたけど、よくわからないっ……。

「ってことは、頭いいんだ」

　あ、頭？

「……ああ、ごめんね、自己紹介が先だった。俺の名前は京条陸。陸って呼んで」

　彼……もとい、陸くんは、そう言ってもう一度微笑んだ。

「俺も生徒会の役員なんだ。これからよろしくね」

　そうなんだ……！　それじゃあ生徒会のこと、陸くんに

聞いてもいいかなっ……。

　そう思い、質問しようとした時だった。

「けっ。近くの席ふたりが生徒会とか、鬱陶しすぎやわ」

　右隣の席から、ため息交じりの声が聞こえたのは。

「……え？」

　驚いて振り向くと、右隣の席にはアッシュレッドの髪色
をした、少し強面の男の人がいた。

　ひと言で説明するなら、「不良」と呼ばれるタイプの人。

　彼もさっきの陸くんと同じように、じーっと私を凝視し
てくる。

　紳士的な雰囲気の陸くんと違って、いかつい彼に見つめ
られ少し怖気づいてしまった。

　こ、怖いっ……。

「あ、あのっ……」

「お前、ほんま地味やな～。その前髪、どうにかしたほう
がいいで」

　あまりにもはっきりと言われ、いっそ清々しい。

「ま、ガリ勉には生徒会がお似合いなんちゃう」

　嘘がつけない、裏表のない人なのかな……？と直感的に
思った。

　怖いけど……どうしてだろう、悪い人には思えない。

「なんや俺のことじっと見て。惚れたか？」

「ち、違います……」

「失礼やなぁお前。そこは冗談でもうんって言いや」

　ええっ……！

「お前みたいなうるさい奴、女にはモテないだろ」

　後ろからまた違う人の声が聞こえて、振り返る。

　……これまた整った顔をした人だっ……。

　私の後ろの席にいたのは、全体的に色素の薄い、ふたりよりは小柄な男の子。

　心底めんどくさそうな顔で、強面の男の子を見ている。

「お前はいっつも失礼やな……！　言っとくけどな、俺は生まれながらのモテ男やぞ!!　見ろこの顔面！」

「うるさい……」

　えっと……ふたりは、仲良しなのかな？

　交互にふたりを見ている私に、強面さんがハッとした表情になった。

「ああ、こいつは蛍。宇堂蛍や。……って、俺が名乗るの忘れとった。俺は月下響。名前もかっこいいやろ？」

　強面さんが響くんで……クールな男の子が蛍くん、か。

　というか、喋り方が……。

「関西弁……？」

「おう。初等部まで関西に住んどってん。ほら、蛍も挨拶しいや」

　響くんにそう言われた蛍くんが、ふんっと私から顔をそむけた。

「生徒会だろこいつ。仲良くするつもりない」

　うっ……。はっきりと断られ少しだけショックを受けたけど、同時に疑問に思う。

　蛍くんは、生徒会が嫌いなのかな？

「はぁ……こいつはこういう奴やねん、気にせんでいいで。
女子にモテようとクールぶってんねん」

「ぶってねぇよ……」

　ちっと、蛍くんの舌打ちが響いた。

「お前の名前、一ノ瀬花恋やったっけ?」

「うん」

「花恋って……またかわいそうな名前やな」

　響くんは哀れむような目で、私を見た。

「え?　かわいそう……?」

「アイドルのカレンと一緒やん。その見た目で名前が花恋
はからかわれたやろ?」

　……ギクッと、体から嫌な音が鳴った気がした。

「ま、花恋って聞いたら誰でも絶世の美少女を想像するわ
なぁ……あんな綺麗な女、おらんやろうし……」

　うっとりとした表情で、そう呟いた響くん。

「ア、アイドルのカレン、知ってるの……?」

「はぁ!?　逆に知らん奴とかおるんか?」

　私の質問に、響くんは勢いよく立ち上がった。

　そして、拳を握りながら、熱く語り始めた。

「別にドルオタとかちゃうんやで俺も!　でも、もうアイ
ドルっていう次元超えてるやんかカレンは……!　あれは
天使やでほんまに!」

　あ、あはは……。

　うれしいけど……じ、自分の話をされるの……恥ずか
しい……。それに、バレたらいけないから、き、気まずす

ぎるよっ……。

「全国の男子学生はそりゃもうみんなカレンの虜になって
当たりま……」

「響、うるさい」

　まだ語り続けようとしている響くんを、蛍くんが止めて
くれた。

　心の中で、ほっと安堵の息を吐く。

「いや、男やったら誰でも好きやろあれは!!　カレンに興
味ない男なんかおらんで」

　も、もうやめてぇ……。

「そ、そっか……」

　なんて返事をすればいいかわからず、笑顔が引きつって
しまう。

「今何やってんやろうなぁ……もう1回芸能界に戻ってほ
しいわ……」

　……っ。

　いざ、応援してくれていた人の生の声を聞くと……胸が
痛んだ。

　そう言ってもらえるのは、すごくうれしい。

　でも、私は……これからは一ノ瀬花恋として、生きてい
くって決めたんだ。

「オタクっぽいよ、響」

　ずっと黙っていた陸くんが、笑顔で響くんに言った。

「なっ、ちゃうって言ってるやろ!　カレンは別枠や!」

「ごめんね花恋。響がうるさくて」

「お前はほんまに……腹たつ奴やな……!!」

　もしかして……陸くんと響くんは、あんまり仲がよくない……?

　そういえば響くんも生徒会の人は鬱陶しいとか言っていたし……もしかして生徒会って、嫌われてるのかな……?

「あと5分したら始業式に向かうぞ。各自、校則違反がないように身だしなみ確認しとけ」

　先生の声に、響くんが「めんどくせー」と言って舌打ちをした。

　始業式……!

　学生生活らしいワード、頬が緩む。

「楽しみっ……」

「始業式の何が楽しいねん。変な奴やなぁ」

　そ、そうかな……?

　学校でしか経験できないことだから、イベントごとは全部満喫したい。

「そうだ花恋、さっきもらったバッジつけないと。校則だから」

　陸くんの言葉に、ポケットにしまったバッジを取り出す。

「これ、どこにつけるのかな?」

「左胸のポケット」

「教えてくれてありがとう」

　バッジ、かっこいいデザインだなぁ。

「……いつ見てもそのバッジ目障りやわ」

　響くんが、私のバッジを見てあからさまに嫌そうな顔を

している。

　そのバッジ……？

　よく見ると、響くんのバッジには"L"と書かれていた。

「このバッジ……何か意味があるの？」

　私の質問に、響くんが目を見開いた。

「お前、うちの学校の制度知らんの？」

「編入生が知ってるわけないだろ」

　蛍くんの言った通り、私はこの学園の制度なんてまったく知らない。

　という以前に、制度って何……？　校則じゃなくて？

「しゃーないから、俺が説明したるわ」

　ごほんと咳払いをして、得意満面な顔をした響くん。

「そろそろ廊下に出て並べー」

「ちっ、タイミング悪いわ。体育館向かいながら話そか」

　ちょうど先生が号令を出して、私たちも廊下に出て体育館へ向かいはじめた。

　歩きながら、響くんが説明をしてくれる。

「この学校ではな、生徒の階級が３つに分けられてるねん」

　生徒の階級……？。

「FS、NS……それと、LS」

　えふえす、えぬえす、えるえす……？　ぜ、全然わからないっ……。

「全部通称や。FSはFirst Star、一等星って意味な。NSはNormal Star、こっちはそのまま普通の星。……で、LSはLost Star。黒星って意味や。これだけ覚えといたら

いける」

　響くんはドヤ顔で、そう言い切った。

「え、えっと……」

「響、それじゃわからないよ」

　困惑している私に、陸くんが追加で説明してくれる。

「FSは、生徒会の役員だけに授与される称号。ちなみに、生徒会に入るには素行の良さと成績が重視されるから、学年の中でも成績上位者だけに贈られる称号だよ」

　そうなんだ……。だからみんな、生徒会ってワードに反応してたんだ……。

　じゃあ、私も生徒会でFSに入れたってことは、今のところ成績上位に食い込めたのかな……。

「……いいように言いすぎ」

　ん？　今、蛍くんが何か言ったような……。

　陸くんは気にせず、話を続ける。

「次に、NSは一般生徒に贈られる称号。ほとんどの生徒がNSだよ。……で、最後のLSだけど……」

　その時、陸くんが一瞬……バカにしたように、あざ笑った気がした。

「これは、問題児に贈られる称号だね」

「違うわ!!　お前、さっきから適当ほざくなや!!」

　陸くんの言葉に、響くんが反論している。

「適当じゃないよ。俺はありのままを説明してる」

　ええっと、つまり、陸くんの説明が正しければ……FS、NS、LSの順で位付けられているってこと……？

52

「おおかた合ってるとはいえ、例外だってあるやろ」

　例外？

「この学校には、"LOST" っていう暴走族があんねん」

「ぼ、暴走族……!?」

　それって……不良ドラマに出てくる、あの暴走族……!?

「そうそう。そのLOSTっつーチームに加入したら、LSになる」

　ど、どうしよう……情報が多すぎて、難しいっ……。

「だから、不良生徒や問題児がLSになるんだ。ほら、何も間違ってないよ」

　ふふっと笑った陸くんを、響くんが睨みつけている。

「……それだけじゃない」

　ずっと黙っていた蛍くんが、不機嫌そうに口を開いた。

「FSを放棄したら、自動的にLSになる」

「放棄……？」

「生徒会が嫌いな奴らは……生徒会に入ることを拒否して、LSになるんだ」

　そんなこともあるの……？

「そうそう、蛍は頭いいからな、ほんまは生徒会入れるけど、断ってLSになってん」

　蛍くん、断ったんだ……！

　ええっと、つまり……頭の中がこんがらがる前に整理しよう。

　成績上位者は生徒会に入り、FSという称号が与えらえる。

　その生徒会への加入を断った人間と、LOSTっていう暴
走族に所属している人がLS。

　それ以外の一般生徒はNS。ってことだよね……？

　うーん、複雑……。

「まあ、俺はLOSTにも入ってるけど」

「え……！」

　ぼそりと呟いた蛍くんの言葉に驚いて、思わず反応して
しまった。

「何驚いてんねん。俺と蛍はLSって言うたやろ？　LOST
のメンバーやで。ていうか、今んとこ生徒会入り放棄した
人は全員LOSTのメンバーやし、LSの奴は全員LOSTや」

　そ、そうなの……！

　じゃあ、ふたりは暴走族ってこと……!?

「別に、そんなビビらなくても、俺らは一般生徒に手をあ
げたりしない」

「そうそう！　俺らは他校からケンカ売られた時の壁みた
いなもんや」

　そうなんだ……。確かに、ふたりが悪いことをするよう
な人には思えない。

　暴走族と言っても、むやみに暴力を振るったり、悪いこ
とをする人たちではないのかもしれない。

　決めつけるのは失礼だし、響くんの言葉が本当なら、学
園にとっては頼もしい存在なのかな？

「ずいぶんいいように言うんだね。ただの問題児の巣窟で
しょ？」

　陸くん……？

「花恋はこいつらみたいになっちゃダメだよ」

　まるで響くんと蛍くんを牽制(けんせい)するように、そう言った陸くん。

　なんだろう……え、笑顔が、ちょっと怖い気がするっ……。

「お前はほんまに……人を見下してしか生きていかれへん奴やな……」

「人聞きが悪いな。俺は花恋のためを思って忠告してるんだよ」

「けっ、ほんまお前嫌いやわ」

　あっ……。

　やっぱり……響くんと陸くんは仲が悪いのかもしれない……。

　というか、私の勝手な想像だけど、生徒会とLOSTっていうグループは、対立してるのかな……？

　FSの生徒とLSの生徒には、何か因縁があるのかもしれない。

　響くんと蛍くんと仲良くしたかったけど……生徒会に入るってことは、私もふたりに嫌われちゃうのかな……。

　そう思うと、悲しくなった。

「……あ、じゃあ俺らはここまでやな」

　体育館に近づいた時、響くんと蛍くんが方向を変えた。

　別のほうへと歩いていこうとしているふたりを、慌てて引き止める。

「え？　ふたりとも、どこに行くの？」

「始業式なんか出てられへんし、LOSTの溜（た）まり場行くわ」

　し、始業式をサボるの……!?

「サボっても平気なの？」

「おう。最低限の成績やったら進級できるねん。じゃあな！」

　ひらひらと手を振って、歩いていく響くん。

「陸には気をつけたほうがいいよ」

　……え？

　蛍くんは私だけに聞こえるようにそう言って、響くんのあとを追っていった。

　陸くんに、気をつけたほうがいい……？

　それは……どういう意味……？

「花恋、早く行こう」

「あっ……う、うん！」

　立ち止まってほかの人の邪魔になっていた私を、陸くんが引っ張ってくれた。

　陸くんはちらっと私の顔を見て……前を向いたまま、口を開いた。

「あいつらとは仲良くしないほうがいいよ。ただの不良だから」

　これは……想像以上に、仲が悪い……？

「それと、さっきあいつが言ってた説明、語弊（ごへい）がある」

「響くんの説明？」

「うん。FSは一等星、NSはただの星、LSは……黒星じゃなくて、言葉通り星無しだよ」

　陸くんははっと、鼻で笑った。

「輝きを失った、落ちこぼれのただの石ころって意味だからね」

　そう話す陸くんの表情は、笑顔なのに——ひどく冷たく感じた。

　陸くん……？

「じゃあ、俺も行ってくるね」

「え？　陸くんはどこに行くの？」

　もう体育館に着くよ……？

「俺は生徒会の役員だから、前に出なきゃいけないんだ。花恋も次からは招集かかると思うよ」

　あ、そうなんだ……。

　私たちとは違う入り口に向かって、歩いていく陸くん。

　なんだか……不穏だったっ……。

　この学園には、私にはわからない何かが、あるのかな。

　よくわからないけど……みんなと仲良く、楽しい学園生活を送れたらいいな。

一ノ瀬花恋という女

【side 陸】

　昨日、編入生が来ることと、その編入生が生徒会に入る
かもしれないという噂は聞いていた。

「は、初めまして……一ノ瀬花恋です！」

　まさか……本当だったなんて。

「そうだ。一ノ瀬……お前は生徒会役員に決まったらしい」

　編入と同時に生徒会加入って、よほど成績がいいってこ
とか……？

「嘘だろ……編入早々生徒会？」

「あんな奴がFS生に……」

「バケモノだろ……」

　ほかのクラスメイトも、異例のFS昇格……もとい生徒
会役員抜擢に、動揺を隠せない様子。

　……気に入らない。

　こんな奴が生徒会に入ってくるのか……。

　こいつが入ることで、石田というクラスメイトの生徒会
役員解任も決まった。

　石田はわかりやすく俺に好意を寄せてきていたから、扱
いやすかったのになぁ……。

　まあ、勝手に彼女ヅラしてきて鬱陶しかったから、ちょ
うどいいか。

　この一ノ瀬花恋とかいう女も、すぐに落とせるだろうし、

いいように使ってやろう。

　ていうか、"花恋"って……。

「お前の名前、一ノ瀬花恋やったっけ？」

「うん」

「花恋って……またかわいそうな名前やな」

　不本意だけど、今回ばかりは響に同意する。

「え？　かわいそう……？」

「アイドルのカレンと一緒やん。その見た目で名前が花恋はからかわれたやろ？」

　今年の３月に引退してしまった、トップアイドルだったカレン。

　カレンのおかげと言っていいのか、国民が"かれん"と聞いて連想するのはあの美しいカレンになってしまった。

　だから……この地味女の惨めさが際立つ。

「ま、花恋って聞いたら誰でも絶世の美少女を想像するわなぁ……あんな綺麗な女、おらんやろうし……」

「あ、アイドルのカレン、知ってるの……？」

「はぁ!?　逆に知らん奴とかおるんか？」

　話をしている花恋という女を、横目で観察する。

　どこからどう見ても地味で、鈍臭（どんくさ）そうで……聡明（そうめい）には見えない。

　こんな奴が生徒会に入るなんて……"会長"がキレそうだな。

「別にドルオタとかちゃうんやで俺も！　でも、もうアイドルっていう次元超えてるやんかカレンは……！　あれ

は天使やでほんまに！　全国の男子学生はそりゃもうみんなカレンの虜になって当たりま……」

「響、うるさい」

「いや、男やったら誰でも好きやろあれは!!　カレンに興味ない男なんかおらんで」

　カレンカレンって、さすがにうるさくなってきた。

　俺だって普通に好きだけど、しょせんは画面の向こうの存在。手が届くとも思っていないし、夢を見ている奴を見ると吐き気がする。

「今何やってんやろうなぁ……もう1回芸能界に戻ってほしいわ……」

「オタクっぽいよ、響」

「なっ、ちゃうって言ってるやろ！　カレンは別枠や！」

「ごめんね花恋。響がうるさくて」

　これ以上響のうるさい声を聞いていたくなくて、話を中断させる。

「お前はほんまに……腹立つ奴やな……!!」

　きーきー喚いているが、こいつはどうでもいい。

　俺は……バカとブサイクは嫌いだ。

　あと……"LS生"も。

　始業式が始まるため、体育館に向かった。

　俺は生徒会の役員として、式典の際は前に並ばないといけない。

　FS生は、模範となる選ばれた生徒だから。

「あいつらとは仲良くしないほうがいいよ。ただの不良だから。それと、さっきあいつが言ってた説明、語弊がある」

　一応、忠告しといてやる。

「響くんの説明？」

「うん。FSは一等星、NSはただの星、LSは……黒星じゃなくて、言葉通り星無しだよ」

　俺は、鼻で笑いとばした。

「輝きを失った、落ちこぼれのただの石ころって意味だからね」

　ああダメだ……俺、今どんな顔してるだろう。

　優しい優等生キャラでいかなきゃ。

　すぐに、いつもの笑顔を取りつくろう。

「じゃあ、俺も行ってくるね」

「え？　陸くんはどこに行くの？」

「俺は生徒会の役員だから、前に出なきゃいけないんだ。花恋も次からは招集かかると思うよ」

　とりあえず、この女については様子見しよう。

　この時はそう、思っていた。

突然の再会

　ここが体育館……。

　クラスメイトたちのあとをついていき、順に並ぶ。

　席について、きょろきょろとあたりを見渡した。

　私の知ってる体育館と、違うっ……。

　並べられた椅子から、ステージ、壁紙や床まで、すべてが体育館という施設のクオリティを超えていた。

　広さも……ライブをするドーム会場みたい……。

　星ノ望学園って、薄々感じていたけどセレブ学校なのかな……？

　理事長の推薦で、私は一応特待生扱いになっている。

　学費を免除してもらえる上、この星ノ望学園はセキュリティも国内最高クラスだと聞いて、この学園を事務所の社長が選んでくれた。

　セキュリティが高いのは、単にお金持ちの生徒が多いからなのかな……あはは……。

　何はともあれ、何もかもが想像を超える学校だ。

　いつ始業式は開始されるんだろうとそわそわしはじめた時、私はあたりがやけに騒がしいことに気づいた。

　ぞろぞろと生徒たちが入ってきているからとか、そういう騒がしさではない。

　女の子たちが……きゃーきゃーと歓声をあげている……？

「きゃー!!　生徒会よー!!」

　そんな叫び声が聞こえて、前のステージを見た。

　私の視界に映ったのは……"F"のバッジをつけた数人の生徒が、ずらりと並んでいる姿。

　女の子たちはみんな、その人たちを見て目をハートにしていた。

　あれが……生徒会……。すごい人気だっ……。

　あっ！　陸くんもいる……！

　一番端に、陸くんの姿を見つけた。

「陸様〜!!」

「こっち向いて〜!!」

　り、陸くんも人気なんだ……ア、アイドルみたいっ……！

　確かに、誰が見てもイケメンだもんね。身長も高いし、女の子に人気があるのも当然だ。

「伊波様ー!!」

　生徒会役員に向かって叫んでいる女の子の声の中に、その名前が聞こえた。

　伊波……？　もしかして……。

　端からひとりずつ順番に、生徒会のメンバーの顔を確認していくと、ちょうど真ん中に伊波さんの姿があった。

　伊波さんも生徒会の人なんだ……！

　驚いて見つめていると、伊波さんがこっちを見た。

　そして……ふっと、微笑んだ。

　今、目が合った……？

「「「きゃあ──!!」」」

　いっせいにあがった、女の子たちの黄色い声。

　あまりにも大きな声に、思わず両手で耳を押さえた。

「こっち見て微笑んだ!!」

「ちょっと、あたしを見たのよ!!」

「あたしよ!!」

　伊波さんの笑顔で悲鳴が……ほ、ほんとにすごい人気なんだっ……。

　きっと、私に微笑んだわけではないだろうし、気にしないでおこう。

「ほんと、FSは憧れの存在だよね～!」

「はぁ……あたしもいつか生徒会に入りたい……」

　生徒会……FS……。

　私が思っていた以上に、学園にとって憧れの存在なのかもしれない。

「でもやっぱり、会長は段違いだよね……!」

　会長？って、生徒会長……？

「ほんとほんと。一度でいいから話してみたい……!」

「あたしたちみたいなNS生は相手にしてもらえないよ」

「早く来ないかなぁ会長」

　生徒会長さんは、並んで立っているあの中にはいないんだ……。あとから出てくるのかな？

　なんだかあの生徒会に入ると思ったら……気が重いな……。

　男の人がほとんどみたいだし、優しい陸くんと伊波さんがいるとはいえ、うまくやっていけるか心配……。

「それでは、ただいまより星ノ望学園、始業式を始めます」

　強面の先生の発言で、体育館が静かになった。

　始業式、始まった……！

　2学期の説明や、先生からの挨拶。みんなつまらなさそうに聞いていたけど、私はわくわくが止まらなかった。

　改めて、本当に高校生活が始まったんだと感じた。

「校長、話長いな……」

「もう先生の話とかいらないって……」

　つまらなさそうな空気が流れていた体育館内。

「生徒会長挨拶――久世城正道」

　……そのひと言で、空気が一変した。

　みんながざわつき、女の子たちがいっせいにステージへと視線を向けている。

　そんななか、私はひとり驚いて目を見開いた。

　あれはっ……。

　ステージの端から、現れたひとりの男子生徒。

　スッと背筋の伸びた、スタイルの良い体型。プラチナブロンズの、透き通るような綺麗な髪。

　そして……見つめられると吸い込まれそうな、水色の瞳。

　私は彼の姿に――見覚えがありすぎた。

「……皆さん、おはようございます。生徒会長の久世城正道です。本日から、2学期が始まり――」

　スピーチを始めた彼の姿に、釘付けになる。

　正道くんだ……！！

　私は内心、うれしくて飛びはねてしまいたくなった。

　正道くんは熱心に私を応援してくれていた人のひとり。

私が心残りに思っていた、ファンの人だ。

　ライブにもイベントにも欠かさず足を運んでくれていて……認知しているファンの人の中でもとくに交流が多かった。

　握手会にも欠かさず来てくれたどころか、いつもCDを何百枚も購入してくれて、数分くらい話すのが当たり前だった。

　正道くんも、星ノ望学園の生徒だったの……！

　最後にちゃんと話せたのは、最後の握手会の、ひとつ前のイベント。

『カレン、今日も来たよ』

『正道くん……！　いつも来てくれてありがとうっ！』

『今日は5分間分話せるんだ』

『あはは……い、いつもたくさん買ってくれてありがとう！無理はしないでね……！』

『もう話せる時間も少ないから、たくさん話したいんだ！カレンの時間を独占できるなら、僕はなんだってするよ』

　そう言って微笑んでくれた、正道くんの笑顔を思い出す。

　正道くんがいるなら……生徒会、きっと楽しいはずだっ……。

　さっきまで不安も多かったけど、暗い気持ちは全部吹き飛んだ。

　正道くんは、本当に本当に……優しい人だから……。

『キミの存在が、俺の生きる希望なんだ』

　いつもまっすぐ応援してくれていた正道くんに、どれだ

け救われていたか……。

　きっと正道くんなら、私の正体を知っても隠してくれると思う。

　すぐに正体を話すようなことはできないけど……社長にも確認して、正道くんには話したいな。

　彼には本当に、いつだって元気をもらっていたから。

　きちんとお別れは、できなかったけど……。

　最後の握手会に来てくれなかったってことは、もう私に飽きちゃった可能性もあるし、最悪、引退を決めた私を嫌いになった可能性だって……。

　でも、正道くんが優しいことは知っているし、同じ学校の生徒になったとわかったら、きっと歓迎してくれるはず。

　……あっ。

　あることを思い出して、私は伊波さんに視線を移した。

　思い出した……！　どうして伊波さんと、初めましてな気がしなかったのか……。

　いつも正道くんの付き添いをしてた人……‼

　握手会やライブの時、いつも正道くんがまるで側近のように連れていた人。それが伊波さん。

　握手会でも挨拶をするくらいで、直接話したことはなかった。CDを買ってくれていたのも、全部正道くんだったから。

　伊波さんのこと護衛かと思ってたけど……同じ高校生だったんだ……！

　……でも、正道くんと水瀬さんは、いったいどういう関

係なんだろう？

　友達……？って感じには、見えなかったんだけどな……。

「会長、かっこいい……！」

「は～、目の保養だよ～……！」

　女の子たちが、正道くんを見ながらはしゃいでいる。

　確かに、私も初めて見た時はこんな綺麗な男の子が存在するのかって驚いた。

　なんていうんだろう……見た目は……天使のような、儚（はかな）く美しい人。

　でも、握手会の時はいつだって元気いっぱいで、明るい人だったなぁ。

　ふふっ、正道くんと同じ学校なんて……運がついてるのかもしれない。

「……静かに」

　女の子たちに忠告する、正道くんの低い声が体育館に響いた。

　あれ……？

　正道くん……こんな低い声だったっけ……？

「騒ぐなら出ていけ。秩序（ちつじょ）を守れないものは必要ない」

　冷めた目で、生徒たちを見下すような言葉を吐いた正道くん。

　その姿が……私の知っている正道くんとかけはなれすぎていて、困惑した。

　正道くんは、いつも笑顔で、優しくて、温かくて……。

　それなのに、今、ステージに立って話している正道くん

は——とても、冷たい人に見えた。

　シーン……と、一瞬にして静まった体育館内。

　正道くんは、再びスピーチを再開した。

　どうしたんだろう……？

「校則を守り、節度を守って学生生活を楽しむように」

　そう締めくくり、ステージの端へ消えていった正道くん。

　なんだか、私の知っている正道くんと違うような……。

　……う、ううん、きっと気のせいだよね……！

　生徒会長だから、少し厳しい態度をとったのかもしれないし……！

　正道くんは、とってもいい人だもんっ……。

　そう自分に言いきかせながらも、なんだか嫌な予感が拭えなかった。

　始業式が終わり、出口側のクラスから順に退出する。

　自分たちのクラスの番を待っている時に、話し声が聞こえた。

「会長、今日もかっこよかった〜！」

「相変わらず冷たいけど、あの真面目なところがたまらないよね……！」

　相変わらず冷たい……？

「でもさ、あたしは正直LOST派かも……」

　LOSTという単語に、ぴくりと反応する。

『何驚いてんねん。俺と蛍はLSって言うたやろ？　LOSTのメンバーやで』

　響くんと蛍くんが入ってるっていう暴走族……？

「わかるっ……かっこいいよね……！」

「危ない感じが魅力的だよね……！　誰にも縛られてな
いっていうか」

「生徒会派かLOST派かって聞かれると選べない……！」

「でも、誰が一番かっこいいかって聞かれたら……」

「やっぱり……長王院様だよね……！」

「「「わかる～！」」」

　ちょうおういん様……？　な、なんだか強そうな名
前っ……。

　でも、生徒会よりもその人が人気ってこと……？

　生徒会の人気、初めて見る私でもひしひしと感じたけど、
それよりも人気なの……!?

　その長王院様？って人も、LOSTっていう暴走族？に
入ってるのかな……。

「ちょっと……！　こんなところでLOSTの話しちゃダメ
だって……!!」

「怒られるよ……!!」

「ご、ごめん……」

　指摘され、話していた女の子たちは会話を中断した。

　えっ……LOSTの話は、しちゃいけないの……？

　……む、難しい……。この学校の制度が、全然わからな
いっ……。

　でも、しちゃいけないってことは……悪い人たちだって
こと？

　……うーん……まだわからないから、決めつけるのはやめよう。

　少なくとも私は……響くんや蛍くんのこと、悪い人だって思えない。

　少しずつ、この学園のこと、知っていかなきゃ……！

☆
☆
☆
☆

2nd STAR
それぞれのトップ

因縁の関係

　始業式が終わって、教室に戻った。

　教室には、蛍くんと響くんの姿があった。

「はぁ……もう帰りてぇ……」

「お前、成績いいわけじゃないんだから、今日は真面目に授業受けろ」

　どうやら、始業式の日は出席必須らしく、いやいや登校してきたみたいだ。

　というか、始業式には出席しなくてもいいのかな……？あはは……。

「別に悪いわけでもないやろ。お前が良すぎんねん」

「Aクラスから落ちたら困るだろ」

「はいはい。あー、明日からはサボる……」

　陸くんも遅れて戻ってきて、さっそく授業が始まった。

　授業といっても、午前中は学活。2学期の予定の説明を担任の先生がしてくれた。

　体育祭に文化祭、楽しい行事が目白押しで、高校生活がますます楽しみになった。

　お昼休みになって、教室からぞろぞろと出ていくクラスメイトたち。

「腹減った〜！」

　響くんが、そう言ってお腹をさすっている。

　ええっと、……。

「あの、お昼ご飯って教室で食べてもいいの？」

　この学校のルールがわからず、響くんに聞いた。

「おう、いいで。まあほとんどの奴が食堂やけどな」

　あ、だからみんな教室から出ていったんだ……。

「ありがとう」

　私はお弁当を作ってきたから、教室で食べてしまおうと
カバンから取り出した。

　いつか、一緒にお弁当を食べる友達ができたらいいな
な……。

「……お前、ひとりで食うん？」

　お弁当を取り出した私を見て、響くんが哀れみの目を向
けてきた。

「あ……う、うん」

「まだ友達できてへんの？　俺ら以外と喋ってないん？」

　うっ……。

　直球で聞いてくる響くんに、胸が痛んだ。

　ま、まだ、編入したばかりなだけだからっ……これから
きっと、女の子の友達がたくさんできる……はずっ……！

　休み時間に何度か話しかけようともしたけど、女の子た
ちの冷たい視線に気づいて断念した。

　どうやら、私は編入初日から浮いてしまったらしい。

「こいつ、生徒会入ったから女子から疎まれてるんだろ」

　蛍くんが、さらりとそう言う。

　う、疎まれてるって……悲しいっ……。

「なるほどな〜。女の世界は生きにくそうやなぁ」
　まっすぐに哀れみの眼差しを向けられ、苦笑いを返した。
「しゃーない、俺らが一緒に食うたるわ」
　えっ……！
「おい、勝手に……」
「ええやん。こいつ生徒会やけど、悪い奴ちゃうし」
「……はぁ……」
　蛍くん、すっごく嫌そうっ……ほ、本当にいいのかな……？
「俺ら食堂行くから、花恋も行くで」
　笑顔でそう言ってくれた響くんに、胸がじーんとする。
「う、うん……！」
　響くん……なんていい人っ……。
　響くんの笑顔が、とてもまぶしく見えた。
　本当は、ひとりでお弁当を食べるのは寂しかったから……とってもうれしいっ……。
「俺も一緒に行こうかな」
「あ？」
　陸くん……？
　一緒に立ち上がった陸くんを見て、響くんがあからさまに不機嫌になった。
「お前は生徒会のお友達とでも食うてろや」
「俺が一緒だと困るの？」
「……」
　ど、どうしよう、また険悪な空気っ……。

「ほっとけ、響」

「ちっ……」

　なだめられて、響くんはそれ以上何も言わなかった。

　えっと……4人で食べるってことだよね……？

　歩きだした響くんと蛍くんについていく。

「花恋、お弁当なの？」

　陸くんの質問に、「うん」と返事をした。

「へえ、料理できるんだね」

　得意ではないけど、自炊は毎日していた。

「節約しようと思って」

　外食やコンビニで買うと高いからっ……！

　お父さんの借金返済のため、ずっと節約生活をしていた
し、料理もその一環だ。

　でも、まだ調味料を買っていないから、今日は軽くサン
ドイッチだけを作って持ってきていた。

「節約？　それなら、作らないほうがいいんじゃない？」

「え？　どういうこと？」

「FS生は、学食はタダだよ」

「えっ……！　そうなの……！」

　学食が……タダ……！！

「そう。一般生徒が使えない施設とかも、FSなら使用可能
なんだ」

　FSって、すごいんだっ……。

「このバッジさえあれば、校内でいろんなことが優遇され
るんだ」

「贔屓も大概にせぇって感じやんな〜」

　響くんが、つまらなさそうにそう言う。

　贔屓……た、確かに、少し待遇が良すぎるかもしれない……。

　いくらなんでも、学食がタダなんて……。も、もちろん、私としては食費が浮くから、ありがたいけど……！

「生徒会の活動を通して、"俺たち"は学園に貢献してるからね」

　やけに俺たちを強調して、陸くんが返事をした。

「ほんま、嫌味な言い方しかでけへん奴やな」

　ちっと、舌を打った響くん。

　ほ、ほんとに仲が悪いんだな、響くんと陸くん……。

「ほら、ここが食堂やで花恋」

　いつの間にか食堂に着いていたみたいで、前を見る。

　う、うわぁっ……。

　まるでホテルのレストランのような場所に、私は驚いて瞬きを繰り返した。

　ほ、ほんとにこの学校、規模がおかしいよ……。

　想像以上のお金持ち学校……こ、高校の学食じゃない……。

「ここでええか」

　空いている席に、ジャケットをかけた響くん。

「俺たち買ってくるから、待っててね」

　そう言って、３人はお昼ご飯を買いにいった。

　今日はお弁当があるから、私は座って３人を待つ。

　その間、きょろきょろと食堂を見渡した。

　本当に、高級レストランみたいな場所っ……。

　料理も、おいしそうっ……。

　こんな食事がタダで食べれるなんて、生徒会っていったい……。

　明日からは私も、食堂で食べようかな。

　少しでも、食費を浮かせなきゃ……！

「見て！　陸様がいる……！」

　ひとりでそんなことを思っていた時、女の子たちが騒いでいるのが聞こえた。

「食堂にいるの珍しいよね……今日はついてる……！」

「ね、近くの席座ろう！」

　陸くんの人気、すごい……。

　始業式の時も思ったけど、ここまで騒がれているなんて、ちょっと大変そう。

　私も一部のファンの人に追いかけられて、怖い思いをしたこともあるから、少しだけ同情してしまう。

「待って……蛍様と響様もいるよ……！」

「きゃー!!　１年最強コンビ……！」

　い、１年最強コンビ……？

　蛍くんと響くんって、そんなふうに呼ばれているんだ……。でも、何が最強の由来なんだろう？

「１年でLOSTの幹部なんて、すごいよね……」

「ふたりとも媚びないところがかっこいいっ……」

　LOSTの、幹部……？

　LOSTって、確かふたりが言ってた暴走族だよね？
幹部って……役職か何か……？
　まだまだ、この学園のシステムにはついていけなさそう。
　それにしても、3人ともすごい人気だなぁ……。
「お待たせ」
　陸くんたちが戻ってきて、席に座った。
「俺こっちな」
「別にどっち座っても変わらないだろ」
「俺は右がええねん」
　響くんは席にこだわりがあるらしく、私の前に。その隣
に蛍くん、私の隣に陸くん、という席順になった。
　わぁ、みんなが選んできたメニューおいしそう……！
　それに、おかずの量がすごい……！
「ボリュームあるんだね！」
「大盛りやからな」
「そんなこともできるんだ……！」
「……にしても、花恋の弁当でかいな」
　響くんが、私のお弁当を見ながら若干顔を引きつらせて
いる。
「そう？　今日は少ないくらいだよ」
「少ない……？　お前……ほっそいのによう食べるんや
な……」
　普通だと思うけど……。
　そう思いながら、いただきますと手を合わせお弁当を食
べはじめる。

「え……何、あの女……」

　あ、あれ……？

「なんであの３人と一緒に食事してるの……!?」

「誰よあのブス!!」

　非難するような言葉があちこちから聞こえてきた。

　どう考えても、その言葉の矛先（ほこさき）は私だった。

　ど、どうしよう……。

　人気者の３人と、私みたいなのが一緒にいたら……女の子たちに嫌がられるに決まってるっ……。

　ああ……私の華の学園生活が、終わったかもしれない……。

「お前、なんか言われてんな」

「……」

　響くんが、楽しんでいるようにそう言ってきたけど、何も言い返せなかった。

　か、悲しい……。

「あれ、編入生だよ。生徒会入ったんだって」

「は？　編入早々？　嘘でしょ？」

「あんな地味な女が、あの３人に付きまとわないでほしいんだけどっ……!!」

　す、すみません……。

　できるだけ存在を消そうと、身を縮こめた。

　女の子の友達、たくさんできますようにって神社でお願いしたのに……うう。

「なんかごめんね。俺たちのせいで目立っちゃったね」

「う、ううん！　みんなのせいじゃないよ……！　あ、あ

はは……」

　陸くんに気を使わせてしまった……。

　痛い視線を感じながら、お弁当を食べすすめる。

「みんなは……普段から食堂で食べてるの？」

　こんな注目を浴びながら毎日食べてるのかなと思い、そう聞いてみると、響くんが頷いた。

「俺と蛍はな。こいつは知らんわ」

「俺は生徒会の人と食べることが多いかな。ちなみに、生徒会役員は指定の場所に食事を届けてもらえるんだ」

　そ、そんなシステムまで……。

「す、すごいね……」

「つーか、俺らサボることのほうが多いし、あんま教室おらんからな」

　そういえば、さっきそんなこと言ってたような……。

「そっか……」

「なんや、さみしいん？」

「うん……」

　蛍くんには若干嫌われていそうだけど、優しい響くんがいないのは率直に寂しい。

　本当に失礼だけど、陸くんは少し怖いから、今は響くんに全信頼を寄せていた。

「……えらい素直やな」

　私の返事が意外だったのか、驚いている響くん。

「ま、このままやと花恋は友達できへんやろうし、できるだけ顔出したるわ」

　え、ほんとにっ……!?

「ありがとうっ……！」

　うれしくて、笑顔がこぼれた。

　やった……響くんがいてくれたら、心強い。

「それに、金曜は絶対おるで」

「金曜日？」

「学食に金曜限定で黄金ハンバーグゆうやつがあんねん！
それがうまいから、金曜だけは皆勤賞やで！」

　得意満面にそう言いはなった響くん。

「……って、明日金曜やん!?　明日はサボろうと思っとっ
たのに……」

　すぐにがっくりと肩を落とした響くんは、「まあうまい
もん食えるからええけど……」と納得している。

「というか、ふたりがいなくても俺がいるよ」

　陸くんの言葉は、素直にうれしい。

　ただ……失礼だけど、たまに怖い顔をするのが気になっ
て仕方なかった。

「お前とおってもつまらんやろ」

　ま、また……険悪モードっ……。

　陸くんを睨みつける響くんと、笑顔だけど目が笑ってい
ない陸くん。

「あの……」

　どうしても気になって、聞いてみることにした。

「その、生徒会とLOSTは、どういう関係なの……？」

　どうしてこのふたりは……こ、こんなに仲が悪いんだろ

うっ……？

　かと思えばご飯は一緒に食べたり……か、関係性がわからないっ……。

「因縁……なんかな」

　先に返事をくれたのは、響くんだった。

　因縁？

「LOSTは生徒会なんて気にしてない」

　ずっと黙々とご飯を食べていた蛍くんが、口を開いた。

「つっかかってくるのはいつも生徒会のほうだから」

　蛍くんは誰の顔も見ず、意味深な言い方をする。

　つっかかるのは生徒会……？

「LOSTは問題行動ばかり起こすからね。生徒会として、注意するのは当然だよ」

　笑顔のまま、答えた陸くん。

「校内では、生徒会が絶対だからね」

　その笑顔に、陰が見える。

「そういうわけでもないで」

　え……？

「表向きは生徒会がでかい顔してるけど、実質力はLOSTのほうが上や」

　そうなの……？　実質力が上って、どういう意味だろう……？

　生徒会が、一番なんじゃないの……？　響くんの言葉に、私は首をかしげた。

　すると、蛍くんが説明してくれた。

「たとえば成績でいうと、トータルではLOSTの人たちが
上位を占めてる。ただ、LOSTの人たちは教師の顔色をう
かがったりしたくないから、生徒会を蹴ってLS生になっ
たんだ」

　そうなんだ……。

　ってことは、FSにならなかっただけで、実際の成績は
LS生の人たちのほうが上ってこと……？

　なんだか、関係図が難しい……。

「生徒会はしょせん、根性のない温室育ちのおぼっちゃま
集団だから」

「確かに、２、３年はLOSTの先輩たちのほうが上位率は
高いよ。でも……１年は俺がトップだし、話が違うんじゃ
ない？」

　蛍くんの言葉に、陸くんがすかさず反論した。

　１年生のトップは、陸くんなの……？

「陸くん、首席なんだね……！　すごい……！」

「１年の中でだけ、だけどね」

　１年の中で“だけ”？

　やけに強調した言い方が、引っかかった。

「ていうか、誰がなんて言おうと今年は生徒会よりLOST
が上やろ」

　そう言って、にやりと口角を上げた響くん。

「“シリウス”は……こっちにあるんやから」

　シリウス……？

　今まで笑顔を崩さなかった陸くんの表情から、笑みが消

える。

　シリウスって、何……？

　──キーンコーンカーンコーン。

　チャイムの音が、鳴りひびいた。

「予鈴鳴っちゃったね。そろそろ教室戻ろうか」

　陸くんの顔には笑顔が戻っていて、すぐに頷く。

「う、うん！」

　私は戻る準備をしながら、ずっと〝シリウス〟という言葉が気になっていた。

　なんだろう、シリウスって……聞きたいけど、急に空気が凍りついたというか……。

　陸くんの前で、聞いちゃいけないと察した。

　また今度、こっそり響くんに聞いてみよう。

　とりあえずわかったのは……生徒会とLOSTは、相容れない存在だということ。

　でも、それなら……生徒会に入ることになった私も、響くんと蛍くんとは仲良くできないのかな……。

　それは、悲しいな……。

生徒会の実態

　午後は、通常授業が行われた。

　始業式の日から授業なんて、進学校はカリキュラムが厳しいんだろうなぁ……。

　ただ、思ったより授業の難易度は高くなかった。

　まだ1年の2学期だから、それほど進んでいないのかもしれない。

　今の進み方なら問題なく授業についていけそうだ。

　でも、これからは難しくなるだろうから、予習復習はしっかりやらなきゃいけない……！

「花恋、生徒会室行こっか」

　放課後になり、陸くんが声をかけてくれた。

　そうだ、生徒会……。

　正道くんに、会えるんだっ……。

　楽しみで、胸が踊る。

「うん！　ありがとう！」

　この広い敷地の中で迷ってしまって、きっとひとりでは生徒会室に辿りつけなかっただろうから、陸くんがいてくれてよかった。

　陸くんを待たせまいと、急いで帰る支度をしている時だった。

「おい地味ノ瀬」

え？　い、今呼んだの、蛍くん？

地味ノ瀬って……わ、私のこと？

「……気をつけて」

え……？

ぼそりと、蛍くんが耳もとで囁いた。

きっと先に教室を出ようとしている陸くんには聞こえなかっただろうくらい小さな声で。

「また明日やな」

響くんが笑顔で手を振ってくれて、私も同じように返す。

「バ、バイバイ」

ふたりは、教室から出ていった。

今の蛍くんのセリフ……なんだったんだろう……。

"気をつけて"って……？

とりあえず、早く帰る支度しよう！

カバンを持って、陸くんを追うように教室を出た。

「編入初日はどうだった？」

生徒会室に向かいながら、陸くんがそう聞いてくる。

「あはは……まだわからないことが多いかな……」

「少し特殊な高校だと思うし、困ったことがあればなんでも言ってね」

柔らかい笑みを浮かべ、優しくそう言ってくれる陸くん。

たまに怖い顔をしているけど、陸くんは根はきっといい人だと思う……！

私にも優しくしてくれるし、悪い人じゃないのは確かだ。

そう思った時、陸くんが急に顔を近づけてきた。

　え……？

　肩に、陸くんの手が添えられる。

　そのまま陸くんは私をぐっと引き寄せ、耳もとに唇を近づけてきた。

「同じ生徒会の仲間として、仲良くしようね」

　甘く囁くような言い方に、とまどってしまった。

「え、えっと……う、うん！」

「ふふっ。花恋、華奢だね」

「そ、そうかな……？」

　耳もとに、陸くんの息がかかる。

　ど、どうしてこんな至近距離……？

　なんだか、色仕掛けでもされているような気分。

　照れるシチュエーションなのかもしれないけど、私の場合、ドラマ撮影で俳優さんとの共演もあるし、顔がいい人との至近距離に対しても耐性がある。

　そっと、陸くんから距離を取った。

「ごめん、近すぎたね」

「ううん……！」

　私の肩から、手を離した陸くん。

　まるで私の反応が思っていたものと違ったかのように、陸くんは不思議そうな顔をしていた。

　な、なんだったんだろう、今の……。

　陸くんって、誰にでもこういうことするのかな……？

　私じゃなかったら、勘違いされてると思う……き、気をつけないとダメだよ……。

　心の中で、忠告しておいた。

　陸くんと私は何事もなかったように、そのまま歩き続けること数分。
「ここが生徒会室だよ」
　無事、生徒会室に着いた。そして、思わず息を飲んだ。
「こ、ここ……？」
　私の前には、ゴールドに縁取られた白い扉が立ちはだかっていた。
　もう、驚き疲れた……。何このお城の入り口みたいなドア……。
「豪華な扉だね……」
　あははと、苦笑いが溢れる。
「選ばれた者しか、入れない部屋だからね」
　陸くんはそう言って、ふっと笑う。
　正道くん、もういるのかな……。
　私が同じ学園に編入したって知ったら、びっくりするかな……ふふっ。
「失礼します」
　陸くんがドアを押した。視界に広がる、生徒会室の光景。
　うわ……。
　な、中まで、お城みたい……。
　エレガントな雰囲気のアンティーク家具で統一された、高級感ある室内。
　壁には教科書で見たことがある有名な絵画や、所々に貴

重そうな美術品や装飾品が置かれていて、足を踏みいれるのに躊躇した。

　想像を超える豪華な空間に圧倒されてしまい、私が萎縮していると、中から声が聞こえた。

「お疲れ様です、陸さん。……あ、花恋さん」

　伊波さん……！

「初めまして……！」

　思わず、そう言って頭を下げた。

「ふふっ、初めましてではないので、挨拶はいりませんよ」

　伊波さんが、「どうぞ入ってください」と今朝と同じ優しい声色で言ってくれる。

　相変わらず、紳士的で爽やかだ。

「え？　ふたり、知り合いなんですか？」

　陸くんが、伊波さんと私を見て驚いている。

「今朝、偶然お会いしたんです。編入生が生徒会に入るという話は聞いていたので、挨拶をしました」

　あ……。これから関わることになるだろうからって、そういう意味だったんだ……。

　伊波さんは私が生徒会に入ること、知っていたんだなぁ。

「ようこそ生徒会へ。改めてこれから、よろしくお願いします」

　ぺこりと、頭を下げた伊波さん。

「こちらこそ……！」

　私も、同じように頭を下げた。

　顔を上げて、キョロキョロと室内を見渡す。

　正道くんは……まだいないのかな？

　生徒会室の中には、10人くらい人が集まっていた。

　椅子に座って、テーブルで談笑している。

　この人たちも、生徒会の役員さん……？

　みんな異物を見るような冷ややかな目で私を見ていて、少し肩身が狭い。

「どうぞこちらに」

　伊波さんが、奥の席に私を案内してくれる。

「伊波さんが生徒会の役員って知って、驚きました」

　そう話すと、伊波さんがくすっと笑った。

「今朝、体育館で目が合いましたよね。驚いた顔をしていたので、思わず笑ってしまいました」

　あれ、気づいてたんだっ……。

「あの……生徒会はすごい組織だってことは聞いたんですけど……私なんかが入ってもいいんでしょうか……？」

　気になっていたことを、聞いてみる。

　ほかの役員さんからの視線が、なんだか怖かったから。

　まるで、なんでお前なんかがって言われているような気分……。私みたいな編入生が入ってすぐに役員に選ばれるなんて、みんな受け入れられないんじゃ……。

　そう思ったけど、伊波さんは「もちろんですよ」と優しく答えてくれる。

「生徒会のメンバーは、成績順に決められます。花恋さんは……試験も実技も、満点だったそうですね」

　そうだったの……？

　合格したとだけしか聞かされていなかったから、それは初耳だった。

「……っ!?」

　隣にいた陸くんが、はっと息を飲んだのがわかった。

「それ、本当ですか？　満点って……」

「はい。優秀な方が入ってきてくださって、頼もしいです」

　どうして、そんなに陸くんは驚いているんだろう……。

　驚いてる、というか……なんだか、目が怖い……。

「そう、ですか……ははっ、すごいね花恋。満点なんて」

「あ、ありがとう」

　お礼を言ったけど、陸くんの声が乾いているのが気になった。

「さっそく、僕から生徒会の説明をさせてもらいます。陸さんは自分の仕事に入ってください」

　笑顔でそう言って、マニュアルのようなものを取り出した伊波さん。

　陸くんは自分の席に行って、私は伊波さんとふたりで別の席に座る。

　伊波さんから、簡単に生徒会の主な仕事内容を教えてもらった。

　プリント整理のような雑用から、部活動の経費の集計、管理、そして本来先生たちがする仕事を請け負ったりもするらしい。

　主に朝の授業前７時半から１時間程度、そして放課後が活動時間。この生徒会室で仕事をする。

　思っていた以上に忙しそうっ……。

　テーブルにはたくさんの資料が山積みになっている。

「最初は、書類の整理など簡単な雑用をメインにお願いするので、心配しなくても平気ですよ」

　伊波さんが優しくそう言ってくれたおかげで、少し不安は拭われた。

　私も……一役員として、頑張ろう……！

　気合いを入れたところで、ずっと気になっていたことを聞いてみることに。

「あの、今ここにいる役員さんで全員ですか……？」

　正道くんの姿がいっこうに見当たらず、気になっていた。

「いえ。生徒会長が不在です。もうすぐ戻ってくると思います。会長が来て全員が揃ったら、生徒会の皆さんに新役員として自己紹介をお願いしますね」

　もうすぐ、正道くんに会えるんだ……。

「は、はい……！」

　なんだか、改めて緊張してきたっ……。

　正道くん、私のこと気づいてくれるかな……。

　あはは、さすがにこの姿じゃ、厳しいかな……。

　でも、正道くんなら……。

『カレンは僕のすべてなんだ。カレンは誰よりも、素敵なアイドルだよ』

　いつだって応援してくれていた正道くんとの会話を思い出し、頬が緩みそうになる。

　正道くんなら、もしかして……。

──ガチャッ。

生徒会室の重厚な扉が、ゆっくりと開く。

その奥から……会いたかった人の姿が現れた。

正道くん……！

思わず立ち上がってしまいそうになったのを、ぐっと堪える。

ダメダメ……私がカレンってことは、ほかのみんなにはバレたらダメなんだから……。

でも、正道くんならきっとカレンだって知っても、秘密にしていてくれると思う。

そのくらい、私にとっては信頼しているファンのひとりだった。

「正道様、お疲れ様です」

伊波さんが立ち上がり、正道くんのもとへ駆け寄っていった。

「ああ」

あれ……？

やっぱり、私の知っている正道くんと、少し雰囲気が違うような……。

正道くん、そんなに声低かったっけ……？

不思議に思いながらも、とりあえず立ち上がる。

自己紹介しなきゃいけないって言っていたし、私も正道くんに近づいた。

あっ……。

正道くんと、目が合う。

　じっと私を見ている正道くんに、もしかするとバレたかもしれないっ……と、背筋を伸ばした。
「おい、陸」
　正道くんが、陸くんを呼ぶ。
「はい、なんでしょうか」
　まるで家来のように返事をした陸くんに、違和感を覚えずにはいられない。
　正道くんは私を見たまま……薄い唇を開いた。
「お前の隣にいる……その薄汚れた捨て犬のような女はなんだ？」
「……え？」
　正道、くん……？
　今、なんて……。
　衝撃的な彼の発言に、私は言葉を失った。
　私を見る目は……ゾッとするほど、冷たかった。
「……彼女は、新しく生徒会に入った生徒です。今日1年A組に編入してきたばかりで」
「正道様、今朝理事長から通達を受けましたよね？　石田さんが降格して、代わりに編入生が入ると。彼女がその生徒です」
　陸くんに続き、伊波さんが説明してくれる。
「花恋さん、こちらに」
　呼ばれるがまま、伊波さんのほうに駆け寄った。
「かれん……？」
　ぼそりと、正道くんが何か呟いた気がしたけど、とりあ

えず挨拶をする。

「は、初め、まして……一ノ瀬花恋です……」

　ぺこりと、頭を下げた。

　さっきのは……聞き間違いか、何かだよね……？

　正道くんが、あんなひどいこと、言うはずがない……。

「あの、今日から生徒会に……」

「黙れ。喋るな」

　低い声でそう言われ、息を飲む。

　正道くんは見たこともないような冷めた目で、私を睨みつけた。

「出ていけ。生徒会に、お前のような地味な女は必要ない」

　……っ。

　私の目の前にいるのは……本当に、正道くんなの……？

　私の知っている人とはあまりに違いすぎて、現実を受け入れられない。

　だって、正道くんは本当に優しくて、いつだって私を励ましてくれて……。

「一ノ瀬花恋だって？　なんて分不相応な名前をしているんだ、お前」

　そう言って、鼻で笑った正道くん。

　私はショックのあまり、何も言えず立ちつくすことしかできなかった。

「それに……その声も……」

「声……？」

「喋るなと言っているのがわからないのか？」

大きな声で制止され、びくりと肩が震えた。

どうして……。

私がカレンだと気づいていないことは、もうどうだっていい。

ただ……いつも優しい正道くんの別の顔に、ショックを隠せなかった。

「とにかく、お前は不要だ」

私から目を背け、奥の席へ歩いていった正道くん。

くすくすと、役員さんたちの笑い声が後ろから聞こえた。

「ふふっ、当たり前よね」

「会長の言う通りだ。あんなブスがいたら、生徒会の評判が下がる」

「ていうか、あいつのせいで石田さんがNSに降格したらしいぞ」

「石田さん可愛いから、生徒会の癒しだったのに……」

まさか、優しい正道くんが……こんなことを言う人だったなんて。

私の中の大好きな正道くんの姿が、くずれていく。

どっちが本当の、正道くんなの……？

信じたく、ないよっ……。

「おい、早く出ていけ」

正道くんの言葉に、耳をふさぎたくなった。

嫌だ……正道くんは、そんなことを言う人じゃないっ……。

『カレン、昨日のライブも最高だったよ！』

『カレンを見ていると、僕も頑張ろうって思えるんだ』

『カレンと出会えて、本当に良かった』

　正道くんは……優しい人じゃ、なかったの……？

「陸、つまみ出せ」

　陸くんが近づいてきて、私の腕をつかんだ。

　そのまま、生徒会室の扉のほうに連れていかれる。

「惚れさせて雑用でも押しつけようと思ってたのに……」

「え？」

　今、なんて言った……？

　扉を開けた陸くんが、私を見てにっこりと微笑む。

「ごめんね花恋。俺、次期会長候補だから、会長には逆らえないんだ」

　そう言って、陸くんは私の背中を押した。

　生徒会室から放りだされて、バタンと勢いよく閉められた扉。

　私は呆然としたまま、扉の前で立ちつくすことしかできなかった。

正道くん

　正道くんが初めて握手会に来てくれたのは、確か私が中学1年生の時だった。

『次の方は5分間です』

　ご、5分……!?

　握手会は、買ってくれた握手券によって時間が違う。

　ちなみに、握手券はCDやDVDについていたり、単体で販売したりしている。

　5分っていえば……いったい何枚買ってくれたのか、わからないっ……。

　相当お金持ちのおじいさんかなと思い、次の人を待つ。

　すると……現れたのは、私とさほど年が変わらないように見える、男の子だった。

　うわ……綺麗な人っ……。

　思わず見入ってしまうほど、入ってきた男の子はフランス人形のような容姿をしていた。

　それこそ、私なんかよりずっと美しいと思った。

　美しいなんて、男の子に使うのは間違っているかもしれないけど……。

『……っ』

　男の子は私を見るなり、大きな目をもっと大きく見開かせた。

　感極まっているように、今にも泣きそうな顔をしている

男の子。

　初めて来てくれるファンの人は、こういう反応をしてくれる人が多い。

　私は笑顔で、彼に手を伸ばした。

『来てくれてありがとうございます！』

　そう言うと、彼はハッと我に返ったように反応し、私のほうへ歩み寄ってきてくれる。

　一瞬ためらいながらも、ゆっくりと私の手を握った。

『こ、こちらこそ……』

　彼はじっと私を見て、今度は本当に涙を流した。

『生まれて来てくれて、ありがとうございます……』

　このセリフを言われることは多かったけど、彼の言葉にはとても重みがあるように感じた。

　心の底から、そう思ってくれているみたいに伝わってきたんだ。

『それじゃあ私からも……』

　そう言って、もう一度笑顔を向ける。

『私を見つけてくれてありがとうございますっ』

『……』

　私を見つめたまま、彼の瞳からポロポロとこぼれ落ちている涙。

　わわっ、号泣してるっ……！

『な、泣かないで……！』

『す、すみません……！』

　私の声で我に返ったかのように、慌ててごしごしと涙を

拭う彼が、とても可愛く見えた。

『ふふっ、握手会は初めてですか？』

『は、初めてです……でも、ずっとファンでした……』

　それから、正道くんは毎回欠かさず、握手会に来てくれるようになった。

　月に２回の握手会。

　毎回握手券を何枚も買って、分刻みで時間を作ってくれた正道くん。

　正道くんと話すのが楽しくて、私もいつしか、正道くんに会えることを心待ちにしていた。

　ファンの人の中には、たまに困るような質問をしてくる人がいる。

　分単位で時間をとってくれる人はとくに、「こんなにお金を払ったんだから言うことを聞け」と脅してくるような人もいた。

　でも……正道くんは私が困るようなことをいっさい言ってこないどころか……いつだって私のことをいたわってくれた。

『カレン、今日もお疲れ様！　今日も５分とったから、休んでね』

『ふふっ、せっかく来てくれたんだから、お話しよう？』

『もちろん、カレンと話せるのはうれしいけど……一緒にいられるだけで幸せだから』

　そんなふうに言ってくれるファンの人は初めてだった。

　それにしても、正道くんって相当お金持ちなんだろう

な……。

　いつも後ろに、付き人のような人も見守っているし……。

　毎回こんな５分間も……いくら使ってくれているんだろう……。

　さすがに、心配になってきた。

『正道くん、いつも長時間押さえてくれるのはうれしいんだけど、毎回こんなにお金を払って大丈夫……？』

『気にしないで。きちんとお小遣いの中でやりくりしているから』

　お、お小遣いいくらなんだろうっ……。

『でもね、やっぱり使いすぎだと思うの。私がこんなことを言うのも間違ってると思うんだけど……お金は大事に使わなきゃ！』

　正道くんは少し寂しそうにしながらも、頷いてくれた。

『わ、わかった……なら、これからは１分にするよ』

『じゃあ今までの５倍濃い時間にしよう』

『うん！』

　それからも、正道くんは毎回足を運んでくれて、私の中ではファンというより……友達に近い感覚だった。

　そして……私が引退発表をした次の握手会。

　ほかのファンの人からは、引退を引き止められたり、裏切りだと怒られたりした。

　まだ若いんだから、せめて20歳まではアイドルを続けてほしい……とか、そういう意見も多かった。

　ファンの人の気持ちはわかるし、そんなふうに言わせて

しまうことが申し訳なかった。

　正道くんも……幻滅、したかな。

　もしかしたら……今日の握手会も、来てくれないかもしれない……。

　そんな私の心配は、杞憂に終わった。

『次の方は１分間です。いつもの方ですね』

　え……？

　正道くんが来てくれたという事実を知り、うれしさがこみ上げる。

　けど、同時に不安にも襲われた。

　正道くんは……なんて言うかな……。

　どうしてって……やっぱり、問い詰められるかな……。

『次の方、どうぞ』

　スタッフさんの合図のあと、正道くんが入ってくる。

　いつもよりも、少し表情が暗く見えた。

　私はいつも通り、笑顔で手を差しだす。

『正道くん……今日も来てくれてありがとう！』

　なんて言われるかな……。

　不安でいっぱいだった私に届いたのは……。

『カレン！　引退のこと……事前に伝えてくれて、ありがとう！』

　正道くんのそんな言葉と、満面の笑顔だった。

　え……？

『カレンが決めた道なら、僕は応援するよ！』

『……っ』

　正道くん……。

　きっと私に、一番青春を捧げてくれたファンの人。それ
なのに……どうして怒らないんだろう。

　正道くんには誰よりも、私に言いたいことがあるはずな
のに……。

『引退したら、ゆっくり休んでほしい。カレンはもう十分
すぎるほど頑張ってくれたから！』

　そんなふうに言ってくれる正道くんの優しさに、思わず
涙が溢れてしまった。

　今まで、どれだけ罵倒されても、怖い言葉をかけられて
も、アイドルだからと笑顔を絶やさずにいたのに……握手
会で、ファンの人の前で泣いたのは、それが初めてだった。

『カ、カレン!?』

『ありがとう……ありがとう正道くん』

『な、泣かないで……！』

　私が泣いたことにひどく動揺して、おろおろとしている
正道くん。その姿が可愛くて、涙が止まって笑みが溢れる。

『えへへ……泣いてごめんなさい。半年間は、ファンの人
にたくさん恩返しできるように頑張るね！』

『恩を返さなければいけないのは僕たちのほうだよ』

　そう言ってから、何かを思い出すように視線を下げた正
道くん。

『カレンに出会えなければ、今の僕は……』

　正道くんは、その先の言葉を飲み込むように、微笑んだ。

『本当に、感謝しているんだ』

　そんなの……私のほうこそ。

　正道くんの応援が……どれだけ私の糧になっていたか。

　アイドルになってよかったと思う出来事は、たくさんあるけど……正道くんと出会えたことも、財産のひとつだ。

　この人が私を見つけてくれて、本当に良かった。

　引退が決まってからも、正道くんは変わらず毎回通いつめてくれた。

『カレンの引退ももうすぐだね』

『うん……握手会も、あと２回になっちゃった』

　迫るお別れの時。

　正道くんと会えなくなると思うと……悲しいな……。

『カレン』

『はあい？』

　突然、真剣な顔で私を見つめる正道くん。

『今年こそ、僕は一番になってみせる。そうしたら、カレンに伝えたいことがあるんだ……』

『……？　うん！　わかった！』

　なんの一番になるのかはわからなかったけど、私はそう言って微笑んだ。

　そして──最後の握手会。

　私はずっと、正道くんが来てくれるのを待っていた。

　ひとりひとりのファンの人たちとしっかり話して、お別れをして……そう思っていた。

　正道くん……今日は遅いなぁ……。

　終わりの時間が、刻一刻と迫る。

　そして結局、正道くんは……最後の握手会には、来てくれなかったんだ。

　私は正道くんにお別れを言えないまま、カレンとしてのアイドル人生を終えた。

天聖さん

　生徒会室を追い出され、私はとぼとぼと歩いていた。

　今日は、帰ろう……。

　さっき、正道くんに言われた言葉が、何度も脳裏にこだ
ましている。

『出ていけ。生徒会に、お前のような地味な女は必要ない』

　正道くん……。

　あんなことを、言う人じゃなかったのに……。

　正道くんはいつだって、私を励ましてくれる、優しさに
溢れた人だった。

　……いや、違うの、かな。

　私は正道くんのこと、何も知らない。

　アイドルの私に会いにきてくれていた正道くんしか、知
らないんだ。

　だから……今日見た正道くんが、本当の正道くんってこ
と……？

　あんな冷たい目で、人に暴言を吐く人だなんて、信じた
くはない。

　アイドル活動をしていた時、私は何度も正道くんの存在
に救われたから。

　最後の握手会に来てくれなかったのは……やっぱり、も
う私のことが嫌いになったからなのかな。

　飽きられちゃったとか、そういう問題じゃなくて……。

　正道くんならきっと……私のこと気づいてくれるって信じてたけど……。気づかなかったってことは……もう正道くんにとって、"カレン"はその程度の存在になったってこと。

　変装してたし、気づいてもらえなかったことは仕方ないとしても……まさか、正道くんにあんな一面があったなんて……。

　どっちが……本当の、正道くんなんだろう……？

『僕はいつだって、カレンだけを応援しているから』

　いつも笑顔を向けてくれた、優しい正道くん……？

　それとも……。

『喋るなと言っているのがわからないのか？』

　冷徹な目をした……さっきの、正道くん……？

　……もう、考えたくない……。

　今わかるのは、私が知らない正道くんがいたっていう事実だけだ。

　さっき見た光景は、紛(まぎ)れもなく現実だから。

　頭の中でぐるぐると答えの見つからないことを考えながら、なんとか歩いて靴箱がある昇降口まで辿りついた。

　学校を出て、家への帰り道を歩く。

　その間も、考えるのは正道くんのことばかりだった。

　それに……陸くんも……。

　最後に向けられた笑顔……怖かったな……。

『……気をつけて』

　もしかして、蛍くんのあの言葉は……陸くんのこと？

　初日から、大変なことになっちゃった……。

　普通の高校生活を送りたいって思ってたけど……普通って、難しいんだな……。

　せっかく、社長が高校を紹介してくれて、ひとり暮らしの手配からすべて、手伝ってくれたのに。高御堂も家族もみんな、応援してくれたのに……。

「あれ……？　ここ、どこだろう……」

　また道に迷ってしまったのか、まったく知らない場所にいた。

　それに、外はもう暗くなってきている。

　また迷子になっちゃった……。

　私って、ダメだなぁ……。

　いろんなことが重なって、無性に泣きたくなった。

　情けない……自分で選んだ道なのに……。

　こんなことで、泣いちゃダメだ……。

「おい」

　……ん？

　背後から声が聞こえて、反射的に振り返る。

「……っ!?」

　振り返った先にいたのは……今朝、私を学校まで送り届けてくれた、イケメンさんだった。

『なんで"カレン"がこの学園にいるんだって、聞いてる』

　どう、しよう……！

　とっさに、走りだした。

　運動神経には自信があったのに、彼はあっさりと私に追いついて、腕をつかんできた。
「……逃げるな」
　ガシッと、腕を握られて動けなくなる。
　お、追いかけてくるなんて……な、何を企んでいるんだろうっ……！
　だ、誰か助けてっ……！　社長、高御堂一！！
「ご、ごめんなさいっ……！　は、離してください……！」
「落ちつけ」
　なだめるような、彼の声。
　その声は低いのに、私を心配しているようで、恐怖心が薄れた。
「別に、お前に危害を加えたりしねぇから」
　どうしてだろう……。
　普通だったら危ない状況のはずなのに、直感で彼のことは……大丈夫だと思った。
　私を見る目が、なぜかとても優しく見えたんだ。
　警戒心が薄れ、抵抗をやめた。
　彼はすぐに腕を離してくれて、「あー……」と困ったように唸っている。
「こんなところで何してた？」
「み、道に迷ってしまって……」
　って、何を素直に答えているんだろう……！
「……帰るぞ」
「え？」

「送ってやる」

　送ってやる……？　え？　え……？

「危ないだろ。もし誰かに見つかったらどうする？」

　彼の言葉の、真意が読めない。

　どうして、わざわざそこまでしてくれるの……？

　私のファンの人……ってわけでもなさそうだし、彼の狙いは何……？

　それに、心配してくれるのはうれしいけど、この姿なら全然平気だ。

「大丈夫ですよ……誰も、私には気づきません」

　だって、正道くんが気づかなかったんだ。

　間違いなく、一番熱狂的なファンでいてくれた正道くんがわからないってことは、私の変装に気づく人なんていないはず。

　そこまで考えて、あることが引っかかる。

「……そういえば、どうしてあなたは……気づいたんですか……？」

　彼は……どうして私がカレンだって、見抜けたんだろう……？

　顔だって、そんなまじまじと見たわけじゃないのに。

　彼が、私から目をそらした。

「1回、お前と会ったことがある」

「え？」

「その時も迷子になって、俺に道聞いてきた」

　そ、そんなことがあったの……!?

　記憶を辿っても、彼のことを思い出せない。

　迷子になるのは日常茶飯事で、道を聞くのもしょっちゅうだから、心当たりが多すぎる。

　こんなに麗姿（れいし）な人だから……芸能関係の人かな？

「えっと……」

「一瞬だったから、覚えてなくて当然だ」

「ごめんなさい……」

　忘れてしまったなんて、失礼だな……。

　こんな眉目秀麗（びもくしゅうれい）な人なら、覚えていると思うのに……。

　でも、理由を聞いても納得できない。

　私を知っているとしても、変装を見抜くのは難しいと思うから。

　とりあえず、彼には口止めしておかなきゃ……！

「あの……」

　恐る恐る、口を開いた。

「内緒に、していてもらえませんか……」

　彼に向かって、深く頭を下げる。

　こんなところで……バレたら、困る……。

「私、普通の高校生活が送りたくって、あの……」

　どうか私のことは黙っていてもらえない、かな……。

「言わねーよ」

　え……？

　あっさりと、返事をしてくれた彼。

「本当、ですか……？」

　正直、普通の人だったらすぐにばらしていたと思う。

　もう引退して数ヶ月が立つけど、多少でもマスコミに報告すればお金になる。

　SNSで「カレンがいた」と呟かれるだけであっという間に拡散されてアウトだ。

「わざわざそんなしょうもねーことするか……」

　呆れたように、ため息を吐いた彼。

　よ、良かった……。

　口約束なんて信用ならないと言われるかもしれないけど、彼が嘘をつく人にはどうしても思えなかった。

　なんていうか……私を見る目が、まっすぐだったから。

「ありがとうございますっ……」

　バレてしまったのは災難だったけど、相手が彼でよかったかもしれない……。

「早く帰るぞ」

「はいっ……」

　少しだけ、足取りが軽くなった。

「場所は？」

「駅前のマンションです」

「ん」

　駅前の方向に進んでくれているのか、彼は私の歩幅に合わせて歩いてくれた。

「あの……本当にいいんですか？　わざわざ送ってもらっても……」

「お前みたいな方向音痴、放っておけるか」

　うっ……方向音痴ってバレてる……。

　でも……優しい人だなぁ……。

　彼がいてくれて、良かった……。

　今日はいろんなことがあったけど……彼と出会えたこと
は、間違いなく良い出来事としてカウントされた。

「……あ！　あのマンションです」

　駅に近づくにつれ、マンションが見えた。

「……は？」

　指を差して言った私に、なぜか驚いている彼。

「……部屋番は？」

「えっと、3802です」

「……隣かよ……」

「隣？　……え、まさか……」

　う、嘘……そんな偶然ある……？

　彼が、隣の住人さんってこと……!?

「……悪い」

　驚いている私を見て、申し訳なさそうに眉間にシワをよ
寄せた彼。

「どうして謝るんですか？」

「怖いだろ？」

　怖い……？

「自分のこと知ってる奴が、隣に住んでるとか……」

　確かに、彼じゃなかったら怖かったのかもしれない。

　でも……不思議と、恐怖心は少しもなかった。

「引っ越すから安心しろ」

「……ええ！」

　ひ、引っ越すって、大げさというか、話が飛びすぎだ……！

「そ、そんな、いいですよ……！　むしろ私があとから入居した側なので……！」

「……」

「それに……どうしてか……」

　私は素直な気持ちを、彼に伝えた。

「あなたは悪い人じゃないって、わかるんです」

　直感だけど……この人は、私に危害を加えたりしないってわかる。

「……っ」

　私を見て、固まった彼。

　あ……そういえば……。

「あの、お名前聞いてもいいですか……？」

　今さらだけど、彼の名前を知らない。

　お隣さんなら、お名前くらい聞いてもいいよね……？

　それに、彼の名前を知りたいと思った。

「天聖」

「てんせいさん？」

　すごい、名前までかっこいいっ……。

　なんだか、神々しい名前だ……！

「……お前は？」

「私の名前は、一ノ瀬花恋です」

　笑顔でそう答えると、天聖さんは少し驚いた反応をした。

「本名だったのか」

「はい」

「いい名前だな」

　えへへ……名前をほめられるのは、うれしい。

「天聖さんこそ」

　すごくかっこよくて、堂々としているこの人にぴったり
な名前だと思った。

「……早く帰るぞ」

　暗くてよく見えなかったけど、天聖さんの耳が赤くなっ
ているように見えた。

　あれ……？　もしかして、照れてる……？　気のせいか
な……？

　私は「はい！」と元気よく返事をして、天聖さんの隣を
歩いた。

初日終了

　天聖さんに送ってもらって、無事にマンションに辿りつくことができた。

　同じ階に、エレベーターで上がっていく。

　本当にお隣だったなんて……！

　こんな偶然、あるんだなぁ……。

「送ってくださって、ありがとうございます……！」

　玄関の前で立ち止まり、頭を下げた。

　天聖さんがあの時声をかけてくれなかったら、きっと今頃迷子のまま、途方に暮れていただろう。

「俺が勝手にしただけだ」

　さらりとそう言ってくれる天聖さんの言葉は、一瞬ぶっきらぼうに聞こえるかもしれない。

　でも……私に気を使わせないように、そう言ってくれているような気がした。

　いい人なんだろうな……すごく。

「あ、ここで少し待っていてくれませんか？」

　あることを思い出し、そう伝えて家の中に入る。

　私は袋を持って、すぐに天聖さんのところに戻った。

　私を見て、きょとんとしている天聖さんに袋の中の箱を渡す。

「これ……挨拶の時にお渡ししようと思っていたんです」

　昨日、夜遅くなってしまったから、届けにいくのを諦め

たもの。

「お隣同士、仲良くしていただけるとうれしいです」

　改めて、挨拶をした。

「お前……ちょっとは警戒心持て」

「え?」

　なぜか不機嫌な顔になった天聖さんに、首をかしげる。

「俺がストーカーみたいな男だったらどうする?　危機感
なさすぎるぞ」

　危機感……?

　た、確かに、行きすぎたファンの人だったり、マスコミ
関係者だったりしたら大変だけど……。

「天聖さんはいい人だから……つい」

　私を陥れようとするような人には、どうしても見えない。

　今日会ったばかりだけど、もう2回も助けてもらってい
るから。

「……っ」

　微笑んだ私を見ながら、天聖さんが驚いている。

　私、何かおかしなこと言ったかな……?

　天聖さんは少しの間黙り込んだあと、薄い唇を開いた。

「なんか困ったことあったら言え」

　どうして、ここまで親切にしてくれるんだろう?

　そう思うくらい、優しい人だと感じた。

　天聖さんの言葉は、何か見返りを求めているような感じ
ではなかったから。

　ただ純粋に、心配してくれているように聞こえた。

「それと、朝は学校まで送る」

「え？　そんな……そこまでしていただくわけには……」

　わざわざそんなことまで、頼めないっ……。

「行き先同じなんだから、気を使う必要ないだろ」

「行き先が同じ……？」

　って、どういうこと……？

「俺もあそこの２年だ。……気づいてなかったのか？」

　平然とそう言った天聖さんに、私は驚いて目を見開いた。

「そ、そうだったんですか……！」

　天聖さんも、星ノ望学園の生徒だったの……！

「ジャケットの色が違う気がしたので、てっきり他校か
と……」

「ジャケット？　……ああ」

　何か心当たりがあるのか、そう言って眉をひそめた天聖
さん。

　その表情は、何かに呆れているように見えた。

「一部の生徒は違うだけだ」

　一部の生徒……？　そんなシステムまであるんだ……。

　本当に、星ノ望学園は謎が多いというか、特殊なルール
がたくさんあるっ……。

　初日にして、情報量の多さに頭がパンクしそうだ。

　普通の高校生活を送りたいと思って入った学校だった
けど、まず学校自体が普通とかけ離れているのかもしれ
ない……あはは……。

「とにかく、送るから登校する前にインターホン鳴らせ」

　天聖さんの提案はありがたかったけど、首を縦に振ることはできなかった。

「あの、でも、やっぱり……」

「ん？」

「私、生徒会の役員になってしまって、朝の７時30分には学校につかないといけないんです」

　今日のことがあって、生徒会に行っていいものかわからないけど……でも、一応そう言われているから、明日も時間通りに行くつもりだ。

　それに、FS生が優秀な生徒だと言われているのなら、私はどうしてもその位をキープしたい。

　社長や高御堂に、高校生活を満喫するって約束したんだ。ふたりに誇れる成績を収めないと。

　授業の開始は８時30分からだから、生徒会や部活動がない生徒が登校するには早すぎる時間帯。

　天聖さんを、わざわざ付き合わせるわけにはいかない。

　そう思ったのに……。

「その時間に合わせるから気にするな」

　あっさりと、そう言ってくれた天聖さん。

　本当に、そこまでしてもらっていいのかな……。

　でも、正直すごく助かるっ……。

　筋金入りの方向音痴で、慣れるまでひとりで学校に辿りつける気がしなかったから。

「あ、ありがとうございますっ……！」

　私は、お言葉に甘えることにした。

「方向音痴なので、助かります……」

「知ってる」

　そ、そうですよね……。

　恥ずかしくて、視線を落とす。

　すると、天聖さんの手が伸びてきた。

　その手が、優しく私の頭をぽんっと叩いた。

「初日なら疲れただろ。もう休め」

　触れた手が、優しくて、思わずどきっとした。

　急に頭を撫でられたから、びっくりしちゃった……。

「は、はい」

　こくこくと頷いた私を見て、天聖さんがふわりと笑った。

　わあっ……綺麗に笑う人……。

　ただでさえイケメンなのに、笑うと破壊力が増す。

　こんなに綺麗な人、本当に芸能人でも珍しいと思う……。

身長も高いし、きっと社長が見たらスカウトするだろう

なぁ……。

「じゃあな」

　そう言い残して、自分の部屋に入っていった天聖さん。

　私も、玄関を開けて自分の家に戻る。

　ひとりになった途端、どっと疲れが押しよせて、ソファ

に座り込む。

　本当に、初日からいろいろありすぎた……。

　生徒会のメンバーになって、響くんと蛍くんと友達に

なって……陸くんとも、友達になれたと思ったけど……。

　生徒会室での一件を思い出して、胸が痛む。

　陸くんに見放されたのもだけど、何よりショックだったのは正道くんのこと。

　あんな姿……知りたくなかった……。

　今も、今日見た正道くんのことを受け入れたくない自分がいる。

　生徒会にも必要ないって言われちゃったけど……だからって「はいわかりました」なんて言えないよね。

　この変装を解くわけにもいかないし……。

　正道くんは、喜んでくれると思ったんだけどな……。

　思い出せば思い出すほど、悲しい気持ちになった。

　ダメダメ、こんな後ろ向きになっちゃ……。

　明日……なんとか正道くんを説得して、生徒会にいさせてもらえるように頼もう……！

　本当は、優しい人だと信じて。きっと……話せばわかってくれる。

　それに、今日は悪いことばっかりじゃなかった。

　天聖さんっていう、頼もしい隣人さんとも出会えたんだ。

　さっき頭を撫でられたことを思い出して、なぞるように自分の頭に触れた。

　優しかったな……天聖さん。

　天聖さんのことを思うと、今日の憂鬱な出来事が薄れていく。

　よーし、明日からも頑張るぞ……！

　めげないのが私の取り柄なんだ！　初日がダメだったか

らって、落ち込まない！
　自分にカツを入れなおし、私は眠る支度をして高校生活
初日を終えた。

いざ、勝負！

『次の方〜』

　係さんの合図で、次のファンの人が入ってきた。

『あ！　正道くん！』

『カレン！　今日も来たよ！』

　見知った人の姿に、笑顔を浮かべる。

『いつもありがとう！』

　握手をしながら、そうお礼を言った。

『でも……今日で最後にするよ』

『え……？』

　正道くんの表情が、冷酷なものに変わっていく。

『僕……カレンにはもう飽きちゃったから。ていうか、嫌いになったんだ』

　いつもの優しい正道くんの笑顔は、消えていた。

　「……っ」

　勢いよく、体を起こす。

　窓の外から光が差し込んでいて、ここがベッドの上だと気づいた。

　夢……？　すごく、嫌な夢だった……。

　今何時だろう……６時前……。

　ちょっと早いけど、もう起きようかな。

　私はベッドから下りて、朝の支度を始めた。

　あんな夢を見るなんて……よっぽど正道くんのことが
ショックだったのかな……。

　気にしていても仕方がないし、考えないようにしなきゃ。

　というか……嫌でも今日また会うんだから……。

　ウイッグをつけ、カラコンをつける。完璧に変装をして、
鏡に映る自分を見る。

　こんなに変わっていたら……正道くんが気づかなくて当
然だよね……。

　はぁ……。って、ため息はダメ！

　高校生活２日目、気合いを入れて頑張ろう……！

　いろんな不安があるけど、星ノ望学園に入ると決めたの
は私なんだ。

　高校生活、誰よりも楽しむぞ……！

　準備を整え、家を出た。

『送るから登校する前にインターホン鳴らせ』

　天聖さん、昨日はそう言ってくれたけど……本当にいい
のかな……。

　インターホンを鳴らして出なかったら、ひとりで行こ
う……！

　そう心に決めて、インターホンを押してみる。

　すると、すぐにぶつっという音がして、音声が繋がった。

「あ、あの、花恋です……！」

『ちょっと待ってろ』

　──ブツッ。

　あ……き、切れちゃった……。

2nd STAR　それぞれのトップ 》 125

　天聖さんの家の玄関の前でおろおろしていると、すぐに
扉が開いた。

　制服を着た天聖さんが現れて、「おはよ」と眠そうに挨
拶された。

「おはようございます……！」

「行くか……」

「は、はい……！」

　天聖さん、す、すごく眠そうっ……。

「あの……ごめんなさい、朝早くに……」

　申し訳なくなってきて、そう謝った。

　私がいなかったら、こんなに早く起きる必要もなかった
だろうし……。

　罪悪感を感じてうつむいた私を見ながら、天聖さんが手
を伸ばしてくる。

「俺が勝手にしてるだけだって、昨日も言っただろ」

　ぽんっと、優しく頭を叩かれた。

　昨日もされたけど……これ、なんだかドキドキしてしま
う……。

「バイクと徒歩、どっちがいい？」

「歩いて行きたいです……！　歩くの好きで……」

「ん」

　天聖さんは短く返事をして、私の前を歩きはじめた。

　学園に近づくにつれ、人通りが減って静かになる街並み。

　みんな寮生活だから生徒の姿もなくて、のどかな空間に

なんだかほっとした。

　そういえば、天聖さんはどうして寮に入っていないんだろう……？

　気になったけど、何か事情があるのかもしれないし、聞かないでおこう。

　ふたりで並んで、並木道を歩く。

　こういうの、いいなぁ……。ふと、そう思った。

「こんなふうにお友達と登校するの、夢だったんです」

「友達……」

　天聖さんが、少し不満げに繰り返した。

「あっ……ご、ごめんなさい、先輩なのに勝手に友達なんて言って」

「……いや、今はそれでいい」

　え……！　いいの……？

「えへへっ、うれしいです」

　天聖さんという友達ができて、うれしくなった。

　はっきりと友達だと言いきってくれたのは、天聖さんが初めてだったから。

　星ノ望学園で、正式な友達ひとり目……！

　不安だらけの高校生活に、ひと筋の光が差したような気がした。

　たわいもない話をしながら、学校に着いた。

　きっちり徒歩15分……！

「送ってくれて、ありがとうございます！」

　天聖さんのおかげで、余裕を持って登校できた。

「連絡先教えてくれ」

　連絡先……？

　急にそう言われ、急いでスマホを取り出す。

「はい！」

　SNSの連絡先を開いて、天聖さんに見せた。

　天聖さんもスマホを取り出して、私の連絡先を読み込んでいる。

　読み込みが終わったのか、天聖さんはスマホをポケットに戻した。

「生徒会が終わったら連絡しろよ」

　あ……そういうことかっ……。

「じゃあな」

「はいっ……！」

　スタスタと、私とは別の方向に進んでいった天聖さん。

　よーし、生徒会に行くぞ……！

　ひとりで歩きだした時、ぴろんっとスマホが鳴った。

『靴箱から左行ってまっすぐ。でかい絵画があるからそこを右に曲がる。ひたすらまっすぐ進んで生徒会室』

　メッセージは、天聖さんからだった。

　もしかして、私が迷子になると思って……？

　ほんとに、いい人っ……。

　天聖さんのメッセージ通りに進むと、生徒会室の扉が見えた。

　昨日、生徒会室から学校を出るまでにすごく時間がか

かったのに……天聖さんさまさまだ。

　というか、天聖さんの連絡先……画像は未設定のままだし、ひとことも何も書いてない。

　SNS苦手なのかな……？

　ふふっ、でも、天聖さんらしい……。

　生徒会の扉の前に立って、私は深呼吸をした。

　大丈夫、頑張るんだ、私。

　そう言いきかせて、扉を押した。

　お、重いっ……。

　キイイ……っと、音を立てて開いた扉。

　視界に飛び込んできたのは、黙々と作業をする役員さんたちの姿。

　ほとんどの役員さんがすでに揃っている様子で、その中には……陸くん、正道くんの姿もあった。

　私を見て、みんながあからさまに嫌そうな顔をしている。

　ただ……伊波さんだけが、心配するようにこっちを見た気がした。

「お、おはようございます！」

　少し大きな声で、挨拶をする。

　しーん……と、静まったままの室内。

　静寂を破るように、正道くんが椅子を引いた。

　すっと立ち上がり、まっすぐに私の前まで歩いてきた正道くん。

　私は……祈るような気持ちで、正道くんを見つめた。

　お願い……。

　私だよ、正道くん。気づいてっ……。

「お前、昨日俺が言ったことが理解できなかったのか？」

　私の願いも虚しく、正道くんの声色は昨日以上に低く、冷たかった。

「その薄汚い見た目をどうにかしろと、言ったはずだ」

　……っ。

　もう、認めるしかないんだ。

　正道くんは……変わってしまったんだって。

「生徒会長の言うことは絶対だ。俺の言うことが聞けない役員は必要ない」

　私を見下ろしながら、そう言い切った正道くん。

　睨みつけるような目で見られるのが悲しくて、思わず視線を下げた。

「お前は……落星しろ」

　え……？

「落星……？」

　意味がわからず、再び顔を上げる。

「FSからLSになれ。生徒会から脱退すればいい。輝けないただの石ころになってな」

　LSに……。

　そうだよね……私がこのまま正道くんに従って生徒会をやめたら、自動的にLSになっちゃうんだ。

　でも……やっぱり、それはしたくない。

　LSが嫌ってわけじゃない。響くんは優しかったし、蛍くんも悪い人じゃなかったから。

きっと、LSの人間が悪というわけじゃないと思う。

ただ……社長のためにも絶対、好成績で卒業したい。成績も、素行も……社長に誇れるくらい、誰よりも頑張るって決めたから。

私は……絶対に、諦めない。

正道くんの目をじっと見つめて、すうっと息を吸う。

「み、見た目は、生まれつきなので変えられません……!!」

私は大きな声で、そう宣言した。

「なんだと?」

怪訝（けげん）そうに、眉間にしわを寄せた正道くん。

そ、そんな怖い顔しても……こ、怖くないよ……!

芸能界にはもっともーっと、怖い人がたくさんいたもん……!

「お前、誰に歯向かって——」

「その代わり……たくさん働きます!!」

「……は?」

ぽかんとしている正道くんに、深々と頭を下げた。

「雑用! 全部やります! なので生徒会にいさせてください!」

しーんと、再び静まる生徒会室。

や、やっぱり、ダメかな……?

「ちっ……みすぼらしい上に、意味のわからない奴だ」

頭上から聞こえた、正道くんの声。

私はゆっくりと、頭を上げた。

これは……一応、許してもらえたってことかな……?

「おい、望み通りありったけの雑用を押しつけてやれ」

　まるで、悪巧みを企てているような言い方で、ほかの役員さんたちに伝えた正道くん。

　わ……なんだか、嫌な空気だ……。

　許してもらえたとはいえ、多分正道くんは私を意地でも追いだそうとしている。

　おとなしく出ていかないなら……力ずくでって感じなのかな。

「ははっ、なんだあのバカ」

「こき使ってやろうぜ」

「そのうち音を上げていなくなるだろ」

　くすくすと、笑いながら話す役員さんたちの会話が耳に入る。

　こ、これは……想像以上に意地悪されそう……。

　でも……私は頑張る……！

　たとえ相手が正道くんでも……絶対負けないもん……！

3rd STAR
優しい人

響くんと蛍くん

「お、終わりました！」

　押しつけられた雑用をすべて片付けて、報告する。

　時計を見ると、時間は8時10分。なんとか、時間内……！

「……はぁ？　いくらなんでも早すぎる。お前、適当にしたんじゃないだろうな？」

　疑いの目を向けられ、災難だ……と苦笑いを浮かべる。

　ちゃ、ちゃんとしたのにっ……。

　仕事を押しつけてきた役員さんが、私の仕事に漏れがないか確認している。

　終わったのか、彼は面白くなさそうに舌を打った。

「……ちっ」

　えっと……これで終わりで、いいのかな……？

　漏れはなかったようで、ほっと胸を撫でおろした。

「いい気になるなよ……放課後はこの資料の入力だ!!」

「え、こ、これ全部ですか……？」

　どしっ！と、私の机に置かれた大量の資料の山。

「そうだ。今日中に終わらせろよ!!」

　今日中って……放課後の仕事って、確か18時までだよね……!?

　15時半に授業が終わって……2時間と少しでこれを終わらせるなんて……。

　無謀に思えるけど、投げだすわけにはいかない。

「は、はい……！」

　自分で、雑用でもなんでもするって言ったんだ……やってみせる！

　それにしても、疲れた……。

　朝の生徒会の任務が終わって、教室に向かう。

　予想以上に、コキ使われた……あはは……。

　朝からへとへとになりながら、廊下を歩く。

　さっき押しつけられたすごい量の判子押しや、資料チェックなんかはまだ平気。ただ……問題は荷物運びだ。

　さっき早々に、職員室まで届けろって命じられたけど……それがもう本当に大変だった。

　あんな重い荷物を持つことに加え、方向音痴な私には難題すぎるよっ……。

　放課後はあの資料の雑用がメインみたいだから、荷物運びはないと信じたい。

　これからもできれば、書類仕事がいいな……。

　昨日と同様に迷いながらも、なんとか教室に着いた。

　教室に入ると、響くんと蛍くんの姿が。先に出ていった陸くんの姿も……。

　そういえば響くん、今日は食堂の日替わりメニューがあるから登校するって言ってたんだった。

　陸くんとは、今日は一度も口を聞いていないから……ふたりがいてくれてほっとした。

「よお！」

　席に座ると響くんが声をかけてくれた。

「朝から生徒会行ってきたんか？」

「う、うん！」

「うさんくさかったやろ、あいつら」

「あ、あはは……」

　陸くんがいる手前、愛想笑いしかできない……。

　うさんくさいというか、怖い人たちばっかりでした……。

　心の中で、そう返事をした。

　ちらりと、横目で陸くんを見る。

　本を読んでいて、いっさいこっちを見ない。まるで私たちの存在がないかのように、ひとりの世界に入っている。

『ごめんね花恋。俺、次期会長候補だから、会長には逆らえないんだ』

　陸くんとも……同じクラスメイトとして、仲良くしたかったな……。

　きっともう、できないんだろうけど……。

　１時間目は学活。２時間目は数B。授業が始まって、私はあることに気づいた。

　あれ……？　私の教科書が、ない……。

　机の中に入れていたはずなのに……。

　カバンの中を探そうと思った時、前方の席にいる女の子と視線がぶつかった。

　その子は私を見て、にやにやと意味深な笑みを浮かべている。

　あの人……確か、石田さんって人じゃ……。

　よく見ると、その子の周りの女の子たちも、私のほうを見ている。

　もしかして、生徒会の役員を解任された腹いせに……う、ううん、決めつけるのはいけないよね。

　結局カバンにも入っていなくて、諦めることにした。

　再び購入するにも科書は高いから、あとでもう一度ゆっくり探してみよう……。

「編入生、教科書39ページ問8を答えてみろ」

　突然、指名されて、ぎくっと体が強張った。

「あっ……」

　ど、どうしよう……。

「なんだ？　教科書を忘れたのか？」

「すみません……」

「京条、見せてやってくれ」

　先生の言葉に、ますます体が強張る。

　よ、よりにもよって陸くん……。

　迷いながらも、陸くんにそっと声をかける。

「……陸くん、あの……」

「ごめん、俺に話しかけないで。花恋のことはいないものとして扱えって言われてるから」

　陸くんは私のほうを見ずに、そう答えた。

「生徒会長の命令は、絶対なんだ」

「……っ」

　……そう、だよね。

　嫌われてしまったのは悲しいけど、わかっていたことだ。

「は？　なんやねんこの空気」

　右隣の響くんが、私と陸くんの異変に気づいたのか、眉をひそめた。

「ごめんな花恋、俺も教科書持ってきてへんくて……」

　見せようと思ってくれたのか、響くんのその気持ちがうれしかった。

「ありがとう響くん」

「地味ノ瀬」

「わっ……！」

　お礼を言った時、後ろから教科書が降ってきた。

　蛍くん……？

　驚いて、とっさに受け取る。

「ここ」

　蛍くんは後ろから、教科書の問題に指を差して教えてくれた。

　口数が少ないけど……蛍くんも、優しいなぁ……。

「あ、ありがとう」

　私はすぐに問題を確認して、答えを口にした。

「18です」

　先生は、「おお……！」と声をあげた。

「一瞬でよくわかったな！　これからは教科書は忘れるんじゃないぞ」

「は、はい！　すみません……」

　よかった……。

郵 便 は が き

104-0031

東京都中央区京橋1-3-1
八重洲口大栄ビル7階

**スターツ出版(株)　書籍編集部
愛読者アンケート係**

（フリガナ）

氏　名

住　所　〒

TEL　　　　　　　　　　　　携帯／PHS

E-Mailアドレス

年齢　　　　　　　　　　　性別

職業
1. 学生（小・中・高・大学(院)・専門学校）　2. 会社員・公務員
3. 会社・団体役員　　4. パート・アルバイト　　5. 自営業
6. 自由業（　　　　　　　　　　　　　　　　）　7. 主婦　　8. 無職
9. その他（　　　　　　　　　　　　　　　　　　　　　　　　　　）

**今後、小社から新刊等の各種ご案内やアンケートのお願いをお送りしてもよろし
いですか?**

1. はい　　2. いいえ　　3. すでに届いている

※お手数ですが裏面もご記入ください。

愛読者カード

お買い上げいただき、ありがとうございました!
今後の編集の参考にさせていただきますので、
下記の設問にお答えいただければ幸いです。よろしくお願いいたします。

本書のタイトル(）

ご購入の理由は?　1. 内容に興味がある　2. タイトルにひかれた　3. カバー(装丁)が好き　4. 帯(表紙に巻いてある言葉)にひかれた　5. 本の巻末広告を見て 6. ケータイ小説サイト「野いちご」を見て　7. 友達からの口コミ　8. 雑誌・紹介記事をみて　9. 本でしか読めない番外編や追加エピソードがある　10. 著者のファンだから　11. あらすじを見て　12. その他(　　　　　　　　　　　　　　　　　　　　　　　　　　　　）

本書を読んだ感想は?　1. とても満足　2. 満足　3. ふつう　4. 不満

本書の作品をケータイ小説サイト「野いちご」で読んだことがありますか?
1. 読んだ　2. 途中まで読んだ　3. 読んだことがない　4.「野いちご」を知らない

上の質問で、1または2と答えた人に質問です。「野いちご」で読んだことのある作品を、**本でもご購入された理由は?**　1. また読み返したいから　2. いつでも読めるように手元においておきたいから　3. カバー(装丁)が良かったから　4. 著者のファンだから5. その他(　　　　　　　　　　　　　　　　　　　　　　　　　　　　　　　　）

1カ月に何冊くらいケータイ小説を本で買いますか?　1. 1～2冊買う　2. 3冊以上買う3. 不定期で時々買う　4. 昔はよく買っていたが今はめったに買わない　5. 今回はじめて買った

本を選ぶときに参考にするものは?　1. 友達からの口コミ　2. 書店で見て　3. ホームページ　4. 雑誌　5. テレビ　6. その他(　　　　　　　　　　　　　　　　　　　）

スマホ、ケータイは持ってますか?
1. スマホを持っている　2. ガラケーを持っている　3. 持っていない

学校で朝読書の時間はありますか?　1. ある　2. 今年からなくなった　3. 昔はあった　4. ない

ご意見・ご感想をお聞かせください。

文庫化希望の作品があったら教えて下さい。

学校や生活の中で、興味関心のあること、悩みごとなどあれば、教えてください。

いただいたご意見を本の帯または新聞・雑誌・インターネット等の広告に使用させていただいてもよろしいですか?　1. よい　　2. 匿名ならOK　　3. 不可

ご協力、ありがとうございました!

　蛍くんにもう一度お礼を言って、教科書を返した。

「それじゃあ、今日はここまで」

　数学の授業が終わって、ふぅ……と息をつく。

　教科書は……本当にどこ行っちゃったのかな……。

「おい陸、お前なんやねん？」

　教科書を探そうと思い、立ち上がろうとした私よりもさきに、響くんが席を立った。

　陸くんに問い詰めるように、机をバンッと叩いた響くん。

「何が？」

「なんで花恋のこと無視してんねん」

　ど、どうしようっ……！

「ひ、響くん、あの……」

　場をおさめようとしたけど、ふたりはじっと睨みあったまま動かない。

「花恋が会長に歯向かったから。会長に歯向かった奴らは、生徒会の敵になるでしょ？」

　陸くんはにこりと微笑んで、そう言った。

「それに、花恋はもうすぐ生徒会から外されて、お前たちと同じLSになるよ」

　やっぱり、陸くんも私を追いだしたがってるよね……。

　わかっているけど、悲しいものは悲しい。

　何も言い返せず、私は陸くんから視線をそらした。

　陸くんが、立ち上がって教室を出ていく。

「なんやねんあいつ……」

　響くんが、ため息をついて自分の椅子に座る。

「花恋、生徒会でなんかあったんか？」

　やっぱり……聞かれるよね……。

　あんまりほかの人に言うのもどうかと悩んだけど、響くんが心配して聞いてくれているのがわかったから、私は正直に話した。

「会長に、怒られちゃって……見た目をどうにかしてこいって言われて……」

　あまり心配をかけないように、冗談まじりに説明する。

「できませんって言ったら、ちょっと……」

「え？　ほんまに生徒会長に逆らったん？」

　私の話を聞いて、大きく目を見開いた響くん。

「逆らったというか……」

　えっと……逆らったことになるのかな？

　答えに悩んでいると、響くんが吹きだした。

　お腹を抱えて笑いだした姿を見て、首をかしげる。

「ははっ、やばいやん！　おもろいわ！」

　え……お、面白い？

　どうしてそんなに笑われているのかわからず、頭の上にいくつものはてなマークが並んだ。

　後ろにいた蛍くんも、くすっと笑ったのが聞こえる。

　ほ、蛍くんまで……？

「怖いもの知らず」

　そう言って、くくっと笑っている蛍くん。

　そういえば……蛍くんが笑ってるところ、初めて見た……。

「お前が笑うの珍しいな。花恋、お手柄や」

　珍しいんだ……。

　蛍くんは中性的で、端正な顔をしているから、笑うと花が咲いたみたい。

　思わず、かわいいなぁと思ってしまったけど、きっと嫌がられるだろうからやめておいた。

「でも、あれに逆らったら生徒会で居場所なくなるやろ」

　響くんの言葉に、苦笑いを返す。

　そうだよね……現に、役員さんみんなから嫌われてしまったみたいだし……。

　ただ……ひとりだけ……伊波さんだけは、私を見る目が変わらず優しかった。

　というか、ずっと正道くんと伊波さんは行動を共にしているから、私に話しかけてくることはなかったけど、ちらちらと心配そうにこっちを見ていたんだ。

「はぁ……これやから生徒会って嫌いやねんなぁ」

　呆れたように、ため息を吐いた響くん。

「陸も、あいつ会長の忠犬やから」

　会長の、忠犬?

「次期会長狙ってるから、会長にゴマすってんねん。ほんまきしょいであいつは」

　そういえば、次期会長候補だって言ってた……。

　陸くんにも、きっと事情があるんだろうな……。

「そんな落ち込まんでも、安心しい。俺らが仲良くしたるわ」

「え……?」

「友達になったるって言うてんねん」

　私を見て、にかっと笑った響くん。

　友達……？

「俺らも生徒会は嫌いやけど、花恋はなんかかわいそうやしな」

　ひ、響くんっ……。

　響くんの気持ちに、胸がじーんと熱くなる。

　なんていい人なんだろうっ……。

「仕方ないからな……」

　蛍くんもっ……。

「LOSTは、弱いもんいじめとか一番嫌いやねん。別に正義ぶってるわけちゃうけど、そんなんする奴アホやで」

　響くんの言葉に、蛍くんも同意するようにため息をついている。

「ってことで、なんかあったら俺らに言い。多分生徒会に目つけられたら、ほかの生徒からもいろいろ言われることあるやろうけど、できる限り守ったるわ」

　笑顔の響くんが、とても頼もしく見えた。

　響くん、蛍くん……。

　この学園に来たこと、正直少し後悔してしまいそうな自分がいた。

　生徒会では嫌われて、陸くんや、ほかのクラスメイトも、私のことはよく思っていないみたいだったから……。

　でも……。

「響くん、蛍くん、ありがとうっ」

　私はふたりに、満面の笑みを返した。

　ふたりがいてくれて、本当によかった……。

　天聖さんもだけど、私はやっぱり人に恵まれている。

　……って、ふたりとも……？

　どうして驚いた表情をして、顔を赤くしているんだろう……？

「別に……響のついでだから」

「……おいおい、なんでこんな奴にどきっとしてんねん俺は……」

　ぼそっと、何か言ったふたり。

「昨日から思っとったけど、花恋ってアイドルのカレンの声に似てるでな？」

「……っ、え？」

　急にそんなことを言われて、あからさまに反応してしまった。

　こ、声は、盲点だったっ……！

　まさか、ば、バレた……!?

「まあ、声だけやけどな～」

　冗談まじりにそう言っている響くんに、ほっと安心する。

　バ、バレてはいないみたい……よかった……。

　でも、声か……これからは少し意識して話したほうがいいかもしれない。

　響くんと蛍くん……これで、友達が３人できた。

　私はふたりの友達ができたことがうれしくて、頬がゆるんで仕方なかった。

変な奴

【side響】

　朝から、嫌な空気は察しとった。

　花恋が来た途端、陸は急に本読んでおとなしなるし、花恋が来るまで生徒会の役員やった石田はくすくす笑っとったから。

　生徒会でなんかあったんやろうなぁくらいは思ってたけど……まさか、会長ともめたとはな。

　おとなしそうやのに、やるやんこいつ。

　陸は完全に会長側やから、花恋を生徒会から追いだしたがってるみたいやけど、俺は応援してやりたくなった。

　生徒会は嫌いやけど……花恋はまだ入ったばっかりやし、それに会長と対立してるんやから。

　何より、弱いもんいじめな感じがイラついてしゃーない。

　こんな弱そうな女子ひとりに文句言ったり、この学園にはしょーもない奴ばっかりや。

　まあ、そう思ってる奴らが"LOST"に入るんやけど。

「ってことで、なんかあったら俺らに言い。多分生徒会に目つけられたら、ほかの生徒からもいろいろ言われることあるやろうけど、できる限り守ったるわ」

　俺のセリフに、花恋は満面の笑顔を浮かべた。

「響くん、蛍くん、ありがとうっ」

　その笑顔が……一瞬、なんでかわからんけどめちゃく

ちゃ可愛く見えた。

　俺はアホか……どっからどうみても地味やろ。まずこの
アホみたいに分厚いメガネでなっがい前髪、目もはっきり
見えへんのに、何が可愛いやねん。

　いや、別にブサイクってわけではないけど、誰が見ても
可愛い部類には入らへんやん。

　あかんわ……目おかしなってるんかも。

　それもこれも、全部……花恋がところどころ、"カレン"
に似てるのが悪い。

「昨日から思っとったけど、花恋ってアイドルのカレンの
声に似てるでな？」

　そう、一番は声や。

　名前が一緒なんはまあよくいる名前やろうし、気にして
へんけど……声と喋り方が、カレンを思わせる。

　俺はたまにラジオも聴いてたから、気になってしゃーな
かった。

「……っ、え？」

　俺の言葉に、図星を突かれたみたいな反応をした花恋。

　何驚いてんねん。花恋がカレンなわけないやろ。

「まあ、声だけやけどな～」

　冗談やって。だって……カレンは今どこにおるかもわか
らんのやから。

　みんな探してる。マスコミも、ファンも……この学園の
奴らも。

　ここの生徒は無駄に金持ってる家の娘息子ばっかりやか

ら、いろんな手段で探しまわってるらしい。

　俺もそりゃ会いたいけど、しょせんは画面の向こうのアイドルや。

　手え届くとも思ってへんし、普通に考えて俺なんか相手にされへんやろ。

　……って、カレンの話はいいねん。花恋とは無関係なんやから。

　俺と蛍が友達になったのがそんなにうれしいのか、終始にこにこしてる花恋。

　そこまでうれしそうにされたら、俺も悪い気はせえへんかった。

　ほんま、地味やけど表情豊かやし、愛嬌あんねんなぁ。

　どっちかって言われたら、妹みたいな感覚やけど。

「あ、そうだっ……」

　急に何か思い出したように、立ち上がってロッカーのほうに走っていった花恋。

　戻ってきた花恋の表情は、やけに暗かった。

「どうしたん？」

「教科書、なくしちゃって……ロッカーにあるかもしれないって思ったんだけど……」

　教科書？　ああ、さっきの授業の。

「心当たりは？」

「わからない……次の授業で、落し物に届いてないか聞いてみる」

　そう言って、悲しそうに笑った花恋。

　……もしかして、取られたんか？

　あー、それやったら納得。忘れ物しそうなタイプちゃう
し、さっき教科書ないって言った時、なんか困った顔しとっ
たもんな。

「ほかの教科書はあんの？」

　俺の質問に、花恋は「確認する！」と言って教科書を並
べた。

「うん、ほかのは揃ってる……！」

　まあ、不自然に数Bの教科書だけなくなるっていうのも
おかしいし……取られたって考えるのが妥当か。

　ほんま、しょーもない奴ばっか……今時教科書盗むとか、
あほなんちゃう。やることがガキやねん。

　また取られたりしたらかわいそうやし……俺のロッカー
貸したったほうがええんかな……。でも、俺のロッカー中
とっちらかってるしな……。

「地味ノ瀬、俺のと交換しろ」

　蛍……？

　ずっと黙っとった蛍が、急にそう言って自分の教科書を
出した。

　自分のを花恋に渡して、花恋のを取った蛍。

「別に直接書き込みとかしてないし、綺麗だから安心して」

　言葉通り、あんまり汚れてない、宇堂蛍と書かれた教科
書たち。

　あー、なるほど……。

「え？　こ、交換……？」

　意味がわかってへんのか、花恋が蛍を見て首をかしげてる。

　こいつはほんまに言葉足らずや……。

「蛍のやったら、誰も取らへんってことや。こいつなりの優しさやねん」

　俺と蛍は一応、１年やけどLOSTの幹部。

　俺たちに刃向かう奴は少なくとも１年にはおらへんし、蛍の名前が書かれた教科書を盗むような命知らずはおらへん。だから蛍は、自分の名前が書いてある教科書を花恋に持たせたら、盗まれることもなくなると思ったんやろ。

　花恋も理解したんか、蛍を見る目が輝いた。

「蛍くん……！」

「何。うざ、こっち見んな」

「ありがとう……！」

　蛍はツンデレって奴やから、感謝されたりすんのが苦手や。

　花恋のお礼も素直に受けとろうとせえへん蛍がおかしくて笑えた。

　でもまあ、蛍がここまですんのも珍しいな。

　なんだかんだ、花恋のこと気に入ってるってことか。

「新品の教科書欲しかっただけだし」

「お前、それは言い訳臭すぎるわ」

「響は黙れ」

　あかん、笑える……。

　とりあえず、これでまた教科書盗まれるかも問題は解

決やとして……。

　残る問題はすでに盗まれた教科書やな。

「おい」

　俺はクラスメイトのほうを見ながら、声をでかくした。

「こいつの教科書とった奴おるなら明日までに机に戻しとけや」

　びくっと、あからさまに反応した奴がおった。石田たちか……。

　生徒会から落とされたのがそんなに悔しかったんか。まあ、FSは待遇がいいし、女は会長好きが多いから生徒会に入りたがる。

　LOSTは女は入られへんし、LSに落ちたところでLOSTになれるわけちゃうからな。

　逆恨みでいじめとか……死ぬほどしょーもない。

　こんな奴らがクラスメイトとか、恥でしかないわ。

　呆れながらも、多分俺の忠告を無視するほどバカではないと思うことにした。

「明日には戻ってくるやろ、教科書」

　俺はそう言って、花恋の頭を軽く叩いた。

　花恋は申し訳なさそうな顔をしながらも、「ありがとう」と礼を言ってきた。

　授業が始まり、俺は寝る体勢に入る。

　まともに授業なんか、指で数えられるくらいしか受けた記憶がない。

　いつも基本はLOSTの溜まり場代わりになってる第3棟におるし、こんなふうに朝から授業に出席すんのは金曜日だけ。

　黄金ハンバーグのためだけに、金曜は来てるようなもんやから。

　さすがに毎日サボったら成績取られへんし、金曜くらいと思って仕方なく出席してる。

　でも、これからはもうちょっと顔出そか……花恋がひとりになるし、俺と蛍おらんかったら絶対いじめられるやん、こいつ。

　せめて週3くらいは……教室におったるか……。

　全部嫌いやけど、一番嫌いな科目である英Ⅱの授業が始まる。

　最近はとくに、英語関連の授業はついていかれへん。

　ていうか、俺だってこのクラスでは最下位やけど、そこそこ頭いいからな。

　こんなバカ頭いい高校で、一番いいクラスにおれてるだけでもほめて欲しいくらいやわ。

　まあ、そろそろBクラスに落ちそうやけど……。

　小テストが配られて、ため息がこぼれた。

　星ノ望学園では、基本的に1学年先の授業をする。

　高1では高2の範囲。高2では高3。高3は大学の受験勉強って感じ。俺たちは1年やから、今は英Ⅱの勉強ってわけ。

　英Ⅱは、授業の初めにいつも小テストをやらされる。全

問解けた奴から手えあげて、教師に採点してもらうシステム。

　いつも一番に解きおわるのは陸で、二番が蛍。それが当たり前やった。

　「それじゃあ、始め」

　いっせいに、ペンを走らせる音が響いた。

　あー、半分くらいしかわからん。

　勉強なんかしたないわ……でも、LOSTの幹部全員頭いいし、俺だけあほっていうのもかっこつかへんからなぁ……。

　なんとか頭を捻り、問題を解きすすめた。

　今日のテストも、いつも通り陸が一番乗りで手あげるんやろうな……。

　そう思ってた俺の耳に届いたのは……。

「……はい」

　隣から聞こえた、女の声やった。

　花恋……？

「おお、編入生がトップか。どれ、採点しよう」

　花恋が立ち上がって、教卓までテストを持っていった。

　嘘やろ……早すぎやって……。

　俺は問題を解くのも忘れて、花恋を見る。

　ほかの奴らも、教卓にいる花恋に視線を奪われていた。

「……すばらしい！　満点だ！」

　満点……？

　その言葉に、ただでさえ静かやった教室がまたいちだん

と静まった。

　誰もが言葉を失ったから。

　この教師の小テストは、基本的に満点を取られへんように作られてる。

　陸でも、取れて９割や。

　それやのに、こんな短時間で、満点って……。

「編入試験の満点合格は嘘じゃなかったんだな。いやぁ、君のような優秀な生徒が来てくれてうれしいよ」

　……ま、待て待て。あかん、情報量が多すぎやわ……。

　編入試験も満点？　この学校の編入試験って、そんな簡単なん？　いや、そんなわけないやんな……。

　花恋って、そんなに頭、良かったんか……？

「これからも期待してるよ、一ノ瀬」

「あ、ありがとうございます」

　うれしそうに頭を下げて、席に戻ってきた花恋。

「……できました」

　陸もできたのか、小テストを持って立ち上がった。

　続いて、蛍も立ち上がる。

「ふたりとも８割正解だ。上々の出来栄えだな」

　８割……てことは、やっぱり花恋はかしこいんか。

　いや、バケモンやな。

「次の中間試験が楽しみだな～、はっはっはっ」

　教師も、急な番狂わせに楽しそうにしている。

「ちっ……」

　戻ってきて席に着いた陸が耐えきれずに舌打ちしたのが

聞こえて、俺はハッとした。

「なんや、そういうことか」

　こいつがなんで、花恋を目の敵にしだしたんか……わかったわ。

　いくら性格がねじ曲がってる陸でも、会長が言ったからって女子生徒を無視していじめるとか……珍しいと思ってん。

　それほど花恋が、"脅威"やったってことか。

「花恋、こいつ花恋に1位奪われるんが怖いんやで」

　俺の言葉に、花恋は「え？」と首をかしげた。

　陸は、入学以来ずっと首席をキープしてる。

　次期会長になりたいからっていうのと……こいつは"シリウス"の座を狙ってるから。

　だから、花恋が邪魔なんや。会長になるのは成績順やから、花恋がFSにいる以上、次期会長候補は花恋になる。

「だからLSにしようとしてんちゃう？」

　花恋がLSになりさえすれば、陸は次期会長候補のまま。

　花恋を無視すんのは会長の命令やから……とか、ただの建前なんやろ？

「だっさ……」

　俺の話を聞いていた蛍が、後ろの席で笑った。

「おい」

　静かな教室に、陸の低い声が響く。

　声とは裏腹に、陸の顔にはいつものうさんくさい笑顔が貼りつけられていた。

「憶測でものを言うのはやめてよ。俺がこんな女に負ける
わけないでしょ？」

　目、笑ってへんわこいつ。

「現に負けてるけど」

　すかさず、ツッコミを入れた蛍。

「今回はじっくり解いていただけだから。……次は本気で
するよ」

　じっくり解いてたってなんやねん……。

　こいつプライド高いから、負けは認められへんねんなぁ。
生きるの大変そうや。

「おい月下、喋ってないで早く問題を解け！」

「はいはい」

　俺は返事をして、まだ半分しか終わってへん小テストを
進めた。

　全員が小テストを終わらせて、授業が始まる。

「それじゃあ教科書56ページ、一ノ瀬、読めるか？」

「はい」

　教師に当てられた花恋は、英文をすらすらと読み上げた。

　さっきの小テストも異様な早さやったし……帰国子女か
なんかか？

「すばらしい！　一ノ瀬は帰国子女か？　それとも、語学
留学の経験があるのか？」

　教師も同じことを考えたのか、花恋に質問を飛ばした。

「いえ……英会話を習っていました」

　英会話ならうだけでここまで流暢に喋れるようになるも
ん……？

「ほお……ほかの語学は？」

「ドイツ語、韓国語、中国語、フランス語……なら、少し
だけ話せます。ほかはまだ勉強中です」

　……あかん、やっぱおかしいわ。

「ふはっ」

　堪えきれず、笑ってしまう。

　ほんまおもろい……何こいつ。

　陸はあからさまに悔しそうにペンを握りしめてるけど、
俺は笑えて仕方なかった。

「陸、これはもう無理や。諦め」

　勝たれへんって、こいつなんかケタ違いやもん。

　こんな地味な格好で、会長にケンカ売って、頭もめっちゃ
いいって……何モンなんやろう。

　俺は何もかも変な花恋を見て、これからの学園生活が楽
しくなる予感がした。

地味ノ瀬

【side蛍】

　変な奴が編入してきた。名前は一ノ瀬花恋。

　華やかな名前とは裏腹に、地味で得体の知れない女。

　女嫌いってほどじゃないけど、女はめんどくさい生き物だから苦手だった俺にとっては、望まぬ存在だった。

　前の席だし……関わりたくない。

　そう思っていたけど、地味ノ瀬は知れば知るほど、興味深い人間だった。

　まず、媚を売ってこなかったことに安心した。

　この学園では、LOSTのメンバーはかっこいいという謎のブランド思考がある。俺と響は幹部だから、その餌食(えじき)になっていた。

　明らかに、"幹部の彼女"の座を狙った女子生徒たちが、毎日のようにすり寄ってきた。

　幹部になりたての頃なんて本当に最悪で、耐えきれなくなった俺は無駄に話しかけてきた奴は潰すと言って女子を脅し、LOSTの先輩に怒られた。

　まあ、そのおかげで今は女子から話しかけられなくなったし、快適になったけど。

　だからこそ、地味ノ瀬が媚売りをしてくるような女子じゃなくて、よかったと思った。

　こいつは俺の顔をまじまじと見たり、女の顔をしてくる

こともないから楽だ。

　仲良しこよしする気はないけど、編入早々生徒会も女子も敵に回したみたいだから、守ってやらないとと思う。

　体育の授業になり、体育館に移動する。

　体育は男女分かれての授業だから心配だったけど、幸い男女共に体育館で授業だった。

　体育館を半分に分けて行われる授業で、男子は柔道、女子は新体操。

　地味ノ瀬って、運動できなさそう……。

「練習試合するぞ〜。呼ばれた奴は試合場に入れ」

　自分たちの番が来るまで暇そうだから、響と体育館の隅に座って地味ノ瀬の様子を見守る。

「さすがに運動はでけへんやろうな……」

　響も同じことを思っていたのか、心配そうに地味ノ瀬を見つめている。

「次、一ノ瀬さん」

　地味ノ瀬の番になり、なぜか俺のほうが緊張してきた。

「マット運動。適当にできる範囲でやってみて」

「は、はい！」

　あいつ、前回りとかしないよな……恥かくようなことしたら、こっちがこっぱずかしい……。

　女子全員、地味ノ瀬の姿に釘付けだ。多分、笑いとばす準備をしているんだろう。

　まあ、もし恥をかいたら、響が笑いとばしてくれるだろ

うし。

　そう思い、期待せずに見守っていた。

　……っ、え？

　そんな勢いつけて大丈夫……？

　いきなりロンダートで入った地味ノ瀬に、思わず前のめりになって観戦してしまう。

「あら……！！」

　女の体育教師が、地味ノ瀬の技に声を上げた。

　それもそのはずだ。

　ロンダートバク宙……こいつ、マジか……。

「かっけぇ……！！」

　思わず響が声を漏らしたのも無理はない。

　軽くやってみるノリで、地味ノ瀬はさらりとこなしてしまったから。

　見ていた奴らも、目が点になっている。

「すばらしい！　あなた、新体操部に興味ない？」

「ぶ、部活ですか……？」

「一緒に全国制覇を狙いましょう……！」

　勧誘されてるし……。

　運動だけはできないと思ったのに……あんな軽い身のこなし、ますます何者だあいつ……。

「……やるやん」

　響が、楽しそうに口角を上げている。

「花恋っておもろいな。得体が知れんゆうか……」

「……そうだな」

「お。蛍が同意すんの、珍しいやん」

　さすがにあんなもん見せられたら……。

　これは本格的に、1年の上位争いに波乱が起きそうだ。

　ちらりと、横目で陸を見る。

　地味ノ瀬を睨みつけ、悔しそうに眉をひそめていた。

「新体操でもやっとったんかな。バク宙できるとかますます見直したわ〜」

　でも、これでますます嫌われただろうな……。

　女子も悔しそうに地味ノ瀬を睨みつけているし、反感を買うのは確実だ。

　地味ノ瀬が嫌いな奴らにとっては……面白くないだろうから。

「俺らで守ったらななぁ」

　響もそれはわかっているのか、そう呟いた。

　俺たちと連んでいるのも、嫌われている原因のひとつだろうけど。

「でも、全部から守れるわけじゃないだろ」

「全部って？」

「生徒会室には入れないし、つきっきりってわけにもいかないし。ていうか、そこまでしてやる理由もないし」

　こいつは面倒見がいいから、本当に守ってやろうとしてるんだろうけど、限度がある。

　正直に言うと、響が口を尖らせた。

「冷たい言い方すんなや」

　事実だからな……。

　きっと陸は、俺たちがいない生徒会の時間を狙って嫌がらせするだろうし……。

　どれだけ守ってやっても、最終的には地味ノ瀬の問題だ。

　できる限りのことはしてやるけど……負けるなよ。

　心の中で、そう呟いた。

「次！　月下、京条！」

　響対陸か……。

「俺、柔道嫌いやねんなぁ〜」

　自分の番が来て、だるそうに立ち上がった響。

「苦手なの？」

「いや、得意や」

　……ドヤ顔すんな。

「ただルール多いやん……たまに反則負けになるから、めんどい」

　確かに、響のような感情型にとってはストレスが溜まるのかもしれない。

「早くしてよ。負けるのが怖いの？」

　先に試合場に上がっていた陸から、苦情が入った。

「悪いけど、ケンカやったらさすがに負けへんわ」

　ケンカじゃない。柔道だから。

「俺ら、一応幹部やし。温室育ちの生徒会役員さんに負けたら笑われる」

　響が自信満々な表情で、自分の立ち位置についた。

　陸は基本的に、なんでもそつなくこなすタイプだ。

　苦手なことがない、まさにオールマイティーな人間。で

も……この試合は響が勝つ。

　そう、断言できた。

「一本‼」

　試合が始まってすぐ、判定の声が響いた。

　勝ったのは……もちろん響だ。

　背負い投げで負け、陸は悔しそうに顔を歪めている。

「楽勝！　お前は自分を守りすぎやねん」

「……」

「攻撃するか守るか、どっちかにせな勝たれへんで」

　わざわざ敵に忠告をしてやる響。

　陸は弱くはない。ただ……響が強すぎる。敗因はそれだけだ。

「３人揃って消えればいいのに」

　ぼそりと呟いた陸の言葉が、地獄耳な俺には聞こえた。

　多分、響にも。

　３人、か……。

「消えるのはお前や」

　響はそう言って、挑発するように意味深な笑みを浮かべている。

「頑張ってな。"元"次期会長候補さん」

「……っ」

　俺は戻ってきた響に、「あんまり煽るな」と注意しておいた。

　でも、俺も考えは一緒だ。

　お前が全力で地味ノ瀬を追いだすつもりなら……俺たち

が守ってやる。

　別に地味ノ瀬が大事とかじゃないけど……単純に、陸に
負けるのは嫌だし、やられるのは嫌だから。

　俺たちの目の届く範囲くらいは……まあ、守ってやろう
かな。

シリウス

　お昼休みになり、響くんと蛍くんと食堂に向かった。
「すみません、タダで食事ができるって、本当ですか……」
　食堂のスタッフさんにバッジを見せると、私を見てなぜか目を見開いている。
「そのバッジ……ええ、なんでも注文可能ですよ」
　わっ……陸くんが言っていたこと、本当だったんだ……！
「ねえ、見てあの子、噂の……」
「うわ、あんな地味な奴が生徒会……？」
　周りからの視線が気になったけど、気にしないように心がける。
「どれにしますか？」
「オムライス定食大盛りでお願いします！」
　私は大きな声で、そう伝えた。
「ほんとに大盛り？　うちの大盛りは結構な量がありますよ？」
「はい！」
「……本当に？」
「……？」
　どうしてそんなに何回も聞くの……？
　不思議に思いながらも注文をして、料理が出てくるのを待つ。
「どうぞ」

　うわぁっ……！

　普通のオムライスの３倍くらいのサイズに、私は目を輝かせた。

　こんなオムライスがタダで食べれるなんて……！

　やっぱり、生徒会を抜けるわけにはいかないよ……！

　席に戻ると、ふたりはすでに戻ってきていた。

「お待たせ……！」

「おお！って、お前それなんや？」

「え？　何って、オムライスだよ！」

　驚きながらオムライスを見ている響くんに、笑顔でそう答えた。

「その量、食えんの？」

「え？　余裕だよ？」

　このくらい、ぺろりだよ。

「……お前、ほんとにわけわからないね」

　蛍くんまで驚いていて、私は不思議に思いながらも手を合わせた。

「いただきます！」

　ぱくりと、オムライスを頬張る。

「お、おいしいっ……！」

「やろ？　ここの食堂は全部うまいで」

　全部制覇したいっ……！

「響くんのそれ、黄金ハンバーグ？」

「おう！」

「おいしそうだね……！　私も今度の金曜日食べよう」

「ほんまにうまいで。これのために学校来てるようなもん
やから」

　そ、そんなに……？

「昨日も思ったけど、蛍くんは少食なんだね」

「普通だし。お前が大食いなだけでしょ」

「え？　そうかな……？」

　確かに、アイドルにしてはよく食べるって言われてたけ
ど、大食いな自覚はなかった……。

「よお食べんなぁ……」

「うん！　食べるの好きなの！」

「そんなほっそい体のどこに入んねん……」

　そういえば、昔から食べても体型が変わることがなかっ
たから、それだけは自慢だった。

「それにしても、お前ほんますごいなぁ～」

「え？」

　急にほめられ、首をかしげる。

「語学力長けてる上に運動もできるとか、天才やん」

　今日の授業のことを言ってくれているのか、笑顔を返す。

「あ、ありがとう」

　ほめられるのは、純粋にうれしいなぁ……。

　語学は、仕事やツアーでいろんな国に行っていたから勉
強したんだ。

　体操も……体操選手の役をした時に教わったのと、アイ
ドルだから普段からダンスをしていた。

　新体操とバレエ、ジャズとクラシックダンスはひと通り

できる。

　運動も好きだから、体を動かすこと全般は趣味のような
ものだった。

「ねえ、今日もあの地味女、響くんと蛍くんと一緒にい
るんだけど……！」

　周りからそんな声が聞こえて、ぎくっとする。

　昨日もだったけど……し、視線が痛い……。主に女の子
から……。

「生徒会にも入ったんでしょ？　正道様の近くにいられる
なんて……」

「でも、生徒会から嫌われてるらしいよ？」

「そうそう。正道様に出ていけって言われてるらしい」

「何それ、いい気味〜」

　どうやら昨日の件も話題になっているらしく、驚いた。

「生徒会の情報が回んのは早いなぁ」

　響くんも話が聞こえていたのか、笑っている。

　あはは……ほんとに早い……。

「ほっとけばいい。あんなシリウスなしの会長なんて」

　蛍くんの言葉に、ハッとした。

「あっ……そういえば、シリウスって何？」

　この前、聞こうと思ってたんだ……。

　私の質問に、響くんがぎょっと目を見開いた。

「おまえ……そんなことも知らんの!?」

　そ、そんなに驚くこと……？　この学校では、常識って
ことかな……？

「こいつ、昨日入ってきたばっかなんだ」

　蛍くんの言う通り、私は星ノ望学園生活２日目の初心者。

「そ、そうか……まあええわ。俺が説明したる」

　ありがたい響くんの言葉に、耳を傾けた。

「シリウスっていうのはな……まあひと言で言うたら、全学年の総合首席者。この学園のトップや！」

　学園の、トップ……。

「星ノ望学園は超難関校。天才が集まるこの高等部全校生徒700人の中で、頂点に立つ人間に与えられる称号をシリウスって言うねん」

　なるほど……。

　この学園のトップになるって、相当大変だろうな。天才の中の天才しかなれない。

　でも、つまりそれは……。

「生徒会長である正道く……えっと、久世城さんがシリウスってこと？」

　自動的に、そういうことになるよね？

　だって、FS生が学園の中の優秀者を集めているのなら、その中でも一番優秀な生徒会長がトップってことになる。

　私の言葉に、響くんがにやりと意味深な笑みを浮かべた。

「普通はそう思うよな」

「……？」

「毎年普通はそうやねん。例年は、生徒会長＝シリウス。ただ……今年は違う」

　……え？

「学園創設以来初めて、LS生がシリウスになったねん」

　LS生がシリウス……？

「そう。だから、今年のシリウスはLOSTにいるんだよ」

　蛍くんが、復唱するように言った。

「ま、待って、どういうこと……？」

　なら、正道くんは本来のトップじゃないってこと……？

　理解できていない私に、響くんがわかりやすく説明してくれる。

「シリウスの選定方法は、シンプルに成績や。学業成績と身体運動の成績を合わせて選定される。だから、生徒会に入ってるとか、FS生とかはまったく関係ないねん」

　なるほど……！

「純粋に実力だけで決まる。それが"シリウス"や」

　それにしても、今年のシリウスを勝ち取った人は、生徒会長の座を蹴ったっていうことだよね？

　もったいない……こんなにおいしい学食がタダで食べられるのにっ……。

「すごいやろ！　LS生のシリウスとかかっこよすぎるで！」

　興奮気味に、そう話す響くん。

「しかも、その人LOSTの総長やねん！　トップオブトップ！　ほんま長王院さんは憧れやわ～」

　LOSTのトップ……？

　ってことは、その暴走族のトップで、学園の成績もトップってこと……？

　す、すごいっ……。

　というか、長王院さんって……どこかで聞いたことがあるような……。

「っていっても、LOSTに入ったのはあの人の意志じゃないみたいやけど。生徒会に入るのが嫌でLSになって、喧嘩強いからって勝手に総長にされたらしい。本人は嫌がってるから集まりにもめったにこやんし」

　響くんは自慢げに、その人のことを語っている。

　とにかくすごい人ということはわかって、私はうんうんとずっと首を縦に振っていた。

「……で、今LOSTと生徒会の対立がとくに激しなってんねんけど、それはシリウスのせいやねん」

「どうして……？」

「今の生徒会長はプライド高いから、LS生にシリウスをとられたことが許されへんねん。ま、実力で勝たれへんのやから、ただの負け惜しみやけどな〜」

　そうだったんだ……。

「長王院さんはシリウスとか、トップとか興味ない人やから、なおさら会長にとっては鼻につくんやろ」

「その長王院さんって人が今のシリウスなの？」

「おお。歴代最強の総長やで。プラス、創立以来の天才」

　なんだか、聞けば聞くほどすごい人だっ……

「長王院グループの御曹司でもあるし、男も惚れるくらい中身も外見イケメンやし、カリスマやあの人は」

「シリウスって、すごいんだね……」

　というか、その長王院さんって人がすごいのかな……？
「うん。シリウスひとつで、組織の優劣をつけるほどの価値がある。FSなんて比じゃない、圧倒的な存在。だからこそ生徒会は、LOSTを目の敵にしてるんだ。負けを認めてるようなもんだよ」

　蛍くんはそのまま、言葉を続けた。
「それに……シリウスになると、ひとつだけ願いを叶えてもらえるんだ」

「願いを、叶える……？」

　どういうこと……？
「命令制度って言うんだけど、そのシリウスの命令は絶対だから、ほかの生徒は従わなきゃいけない。生徒だけじゃなく、教師も」

「絶対？」

「絶対」

　な、何それ、怖いっ……！
「でも、願いって漠然としすぎじゃない？　例えばどんな願いなの……？」

　おいしいお店の食事券１年分！とかでもいいってこと……？
「マジでなんでもいいらしい。過去には、金を要求した奴もいれば、恋人になれって頼んだ奴もおるんやって」

「お金……!?」

「お前、金の話になると食いつくな……」

　私の反応に、響くんが呆れたように目を細めた。

「お金は大事だよ！　というか、その場合は誰が出すの!?」

　私がそうしたいというわけではないけど、純粋に気になった。

「学園長が出したって噂」

　本当にどんな願いでも、学園総出で叶えてくれるってこと……？

「ちなみに、このFS、NS、LSの制度も過去のシリウスが作ったらしい」

「そうなんだ……」

　この学園は本当に、規格外な話ばかりだっ……。

「今年のシリウスの人はまだ命令制度は使ってへんねんけど。つーか、あの人興味ないって言ってるみたいやし、使わんのちゃうかな……」

「欲がない人なんだねぇ」

「そういうところも、生徒会の神経逆撫でしてるんだろ」

　蛍くんが、そう言って鼻で笑った。

　なんとなく、生徒会とLOSTが仲が悪い理由っていうのが、わかった気がする……。

「なんでも命令もできるし、シリウスはまさに学園の王ってわけや」

　へぇ……！

　天は二物を与えずっていうことわざがあるけど、その長王院さんっていう人の話を聞いてると説得力がなくなるなぁ……。

　いくつもの才を与えられた人間っていうのは、本当に存

在するものだ。

　それにしても……正道くんは……そのシリウスっていう
のを目指してるのかな？

　あっ……。

　私はふと、正道くんとのある会話を思い出した。

『今年こそ、僕は一番になってみせる。そうしたら、カレ
ンに伝えたいことがあるんだ……』

『……？　うん！　わかった！』

　あれは、正道くんと最後に会った時……。

　最後の握手会の、前の会話だった。

　結局、正道くんは最後の握手会に現れなくて、結果は聞
けずじまいだったけど……もしかしたら、一番って「シリ
ウス」のことを言っていたのかな？

　もしそうなら……正道くんは……悲しんでいたのかもし
れない……。

「あ〜、俺もいつかシリウスに選ばれたいわ〜。シリウス
のあの白いジャケット着てみたい」

「お前が選ばれるわけないだろ……」

　正道くんのことを考えていた私に、ふたりのそんな会話
は届いていなかった。

　放課後になって、ふぅ……と息を吐く。

　よし……今から、生徒会だ。

　先に教室を出た陸くんの背中を見て、私も立ち上がった。

「花恋」

　響くんに名前を呼ばれ視線を向けると、心配するように
こっちを見ていた。
「俺らは生徒会室には入られへんし、こっからは守ったら
れへんけど……頑張れよ」
「……気をつけて。また明日」
　響くん、蛍くん……。
「うん！　頑張ってくる。ふたりともありがとう！」
　笑顔を返して、私は教室を出た。
　迷いに迷ったけど、なんとか生徒会室に辿りつけた。
　最終的に、靴箱に一度戻ってから、朝の天聖さんのメッ
セージを見返して生徒会室に向かったんだ。
　扉の前で、深呼吸をする。
「失礼します!!」
　扉を開けて生徒会室の中に入ると、もう見慣れてきた
面々が目に入る。
　ただ、正道くんと伊波さんの姿はなかった。
　ふたりは不在なのかな……？
　自分の席に座ろうとした時、すれ違った陸くんがぶつ
かってきた。
「いたっ……」
「あれ？　今、ドブネズミの鳴き声が聞こえた気がするん
だけど、気のせい？」
　陸くん……。
　あざ笑うような言い方に、胸が痛む。
　陸くんに同調するように、ほかの役員さんたちもくすく

すと笑いだした。

「僕も聞こえました」

「あたしも聞こえました〜」

「大変だ。美しい生徒会が汚れちゃうね」

　……気にしない、気にしない。

　こんな嫌がらせ、アイドル時代もいくらでもあった。

　衣装を破られていたことも、間違った時間を教えられたこともしょっちゅうだったもん。

　こんなの、可愛いものだよ……！

　それに、どれだけいじめられても、私は生徒会を辞めたりしない。

　社長に誇れる、学業成績をおさめてみせる。そして……毎日食堂で、おいしいご飯を食べるんだ……！

「頼まれてた雑用、始めます！」

　私は今朝、資料を押しつけてきた人にそう宣言して、自分の席に座った。

　頑張るぞ……！

4人目の友達

　「終わりました！」

　よし、時間ぴったり……！

　生徒会の活動時間終了前に資料が片付いて、押しつけて
きた先輩に提出する。

「……ちっ」

　"舌打ち先輩"が、舌を打った。

　彼が舌打ちするっていうことは、私の仕事に問題ないっ
てことだ。

　仕事中に話している会話が聞こえたけど、この人はどう
やら2年生らしい。

　だから、心の中で"舌打ち先輩"って呼んでいる。

「えっと……」

　仕事は全部終わったから、今日はもう帰ってもいいのか
な……？

　これ以上遅くなると天聖さんに悪いから、できれば早く
帰りたい。

「今日はそろそろ解散にしようか」

　陸くんが、みんなに向かってそう言った。

　どうやら正道くんたちがいない時は、陸くんが司令役に
なるみたい。

　よし、天聖さんに終わりましたってメッセージ送ろ
う……！

　そう思った時、陸くんが資料の山を持って私の机まで歩いて来た。

「みんな、今日終わらなかったぶんの仕事ない？」

　陸くんはそう言って、資料の山をどんっ！と、私の机の上に置いた。

「あ、あります！」

「僕も！」

　みんな次々に手をあげ、立ち上がる。

「そこに置いておきなよ。誰かがやってくれるだろうから」

　え……？

　陸くんに続くように、役員さんたちが私の机に仕事を投げ捨てていく。

「はーい」

「ドブネズミさんがしてくれるのかな～？」

　……この人たち、心がない……。

　私と仕事を置いて、生徒会室から出ていってしまった役員さんたち。

　嘘でしょ……？　これ、今からひとりでするの？

　いくらなんでも、終わらないよぉ……。

「はぁ……」

　大きなため息をつきながら、私はへなへなと椅子に座りなおした。

　これ……3、4時間はかかりそう……。

　今18時だから……ダメだ、気が遠くなりそうっ……。

　でも、このまま残して帰ったら……明日が怖い……。

　陸くんのあの言い方、終わるまで帰るなよってふうに聞こえたし……。
「やるしか、ないかぁ……」
　そう自分に言いきかせ、スマホを開く。
　天聖さんに、【用事ができてしまったので、今日はひとりで帰ります！　連絡が遅くなってごめんなさい！】とメッセージを飛ばした。

　お、終わらない……。
　てきぱきと片付けているつもりだけど、予想以上に時間がかかる仕事が多く、終わりが見えない。
　面倒な入力の仕事、多いなぁ……。
　本当に21時とかになっちゃいそう……まず、そんな時間まで学校にいていいのかな……？
　見回りの人とかが来て、怒られたらどうしよう……。
　ビクビクしながらも、とにかく目の前の仕事を片付けていく。
　──コン、コン、コン。
　生徒会室の扉を叩く音が聞こえて、びくっと肩が震えた。
　だ、誰……!?　もしかして、見回りの人……!?
　怒られる……！と、身構えた時。
「失礼します。……あ、やっぱり」
　あれ……？
　入ってきたのは……伊波さんだった。
「大丈夫ですか？」

　心配そうに私を見ながら、歩み寄ってくる伊波さん。

「伊波さん……」

　どうしてここに？　今日はいないと思ってたのに……。

「花恋さん、申し訳ありません……」

　伊波さんは私の前に来るや否や、急に頭を下げてきた。
それも、深々と。

「ど、どうしたんですか……!?」

　急に頭を下げられ、困惑する。

　伊波さんは、苦しそうな声で言葉を続けた。

「どうか、正道様の無礼をお許しください……」

　あっ……。

　どうやら、正道くんのことを代わりに謝ってくれている
伊波さん。

「あ、頭を上げてください……！」

　伊波さんが、謝る必要なんて、少しもない……！

「生徒の手本になるべき生徒会の役員たちが、あのような
まね……生徒会を代表して、謝罪させてください」

　頭を下げたまま、伊波さんはそう言ってきた。

　この人は……本当に、善人なんだろうな……。

　昨日、私を案内してくれた時もそうだ。

　きっとすごく正義感が強くて、優しい人。

「実は、私は正道様の付き人なんです。水瀬家は代々、正
道様のご実家である久世城家に仕える家系で、私も父たち
に従っています」

　そうだったんだ……。

　だからいつも、握手会やイベントで正道くんについてき
ていたんだ……。
「そのため、正道様の命令に背くことができず……表立っ
てあなたを守ってさしあげることができません」
　伊波さんは、正道くんに絶対服従ってこと……？
　そんなの、かわいそうだ……。
　こんなふうに、代わりに謝らせるなんて……。
　──カッコ悪いよ、正道くん……。
　私の中の優しい正道くんが、どんどん崩れていく。
「本当に、申し訳ございません……」
　頭を下げ続けたまま動かない伊波さんに、私はもう一度
口を開いた。
「伊波さん、顔を上げてください」
　伊波さんはきっとずっと心配してくれていたんだろう。
　この人だけはほかの人と違うと思えたのは、きっとその
優しい視線のせいだ。
　伊波さんが、恐る恐る顔を上げた。
　視線が交わって、私は笑顔を向ける。
「その気持ちだけで十分です。ありがとうございます」
「ですが……」
　私の言葉に納得がいかないのか、何か言いたげな伊波さ
んの声を遮った。
「私の責任でもあると思うんです。急にこんな変な奴が現
れたら、異端扱いされて当然です」
　すでに完成されていた組織に、私があとから入ったんだ。

　役員さんたちがとまどうのも無理はないし、新しいものを否定したくなるのは人の性(さが)だから。

「なので、私のほうこそ生徒会を乱してしまって、ごめんなさい」

「あなたが謝る必要は少しも……」

　ふふっ、そんなの……こっちのセリフだ。

　生徒会のみんなは怖いけど……伊波さんは別。ひとりでもいい人がいてくれて、安心した。

「私、ちゃんとみなさんに認めてもらえるように頑張りますから、心配無用ですよ」

　そう言って、ガッツポーズをした。

「それに私、自分のことは自分で守れます！」

　心配をかけないように、笑顔を見せる。

「今までも、そうやって生きてきたんです！　もちろん、いろんな人に助けられてですけど……今も、ちゃんと仲良くしてくれる友達が３人いるので、安心してください！」

　今の伊波さんの言葉にも、救われたから。

　私は、やっていける。

　伊波さんは私を見て、苦しそうに顔をしかめた。

「あなたがまぶしいです」

「え？」

「いえ……ありがとうございます。そう言っていただけて、気持ちが軽くなりました」

　そう言って、少し歪(いびつ)だけれど、微笑んでくれた伊波さん。

　私も、その笑顔にほっとひと安心した。

「ほかの人がいない時になってしまうんですが、私とも仲
良くしていただけませんか？」

　え……？

　恐る恐る言ってきた伊波さんの言葉に、驚いて一瞬返事
が詰まった。

「こ、こちらこそいいんですか？」

「花恋さんさえよければ。あなたといると、なんだか元気
をもらえます」

　そんなふうに言ってもらえるのは、うれしいなぁ……。

　自然と、頬がゆるんでしまう。

「それじゃあ……４人目の友達になってください」

　私の申し出に、伊波さんはもう一度微笑んでくれた。

「よろこんで」

　ひとりで残って作業をするのは大変だけど、伊波さんと
話せてよかった。

　心から、そう思った。

「これ、雑用ですか？」

　私の机に散らばっている資料を見て、そう聞いてくる伊
波さん。

「あ、はい……」

「私も手伝います」

　え……？

「でも……早く帰らなくていいんですか？」

　正道くんの付き人って言っていたし、仕事があるん
じゃ……。

「いえ。私が正道様に仕えるのは校内と特定の外出時のみ
ですので」

　特定の外出時のみって言葉が気になる……。

　ライブやイベントの時は、特定の外出時だったのかな？
あはは……。

「ここの山は私が担当します。ふたりで分担すれば半分の
時間で終わりますよ」

　一番高くつまれた資料の山を持って、私の隣の席に座っ
た伊波さん。

「はいっ」

　頼もしい助っ人の登場に、とても気が軽くなった。

　「そういえば、今日はどうしていなかったんですか？」

　入力の仕事をしながら、伊波さんに質問する。

「私と正道様で、他校との交流会があったんです」

「そうだったんですね。他校との交流会なんて、大変です
ね……」

　生徒会って、いろんな仕事を請け負っているんだなぁ……。

「いえ。副会長なので、このくらいは当然です」

　あ、伊波さんが副会長だったんだ……！

　てっきり、陸くんがそうなんだと思ってた。

「私にできることがあれば、言ってくださいね」

　笑顔でそう言ってくれた伊波さんだったけど、なぜかす
ぐに表情を暗くした。

「生徒会でのいじめまがいな行為を見逃しておいて、こん

なことを言える立場ではありませんが……」

「そんなことありません！　ありがとうございます！」

　伊波さんが気負う必要はなく、改めてお礼を言った。

「正道様も、昔からあのような冷たい方だったわけではないんです」

「え……？」

　そう、なの……？

　伊波さんの発言に、思わず手が止まった。

　昔からじゃないってことは……やっぱり私が知っている優しい正道くんが、本当ってこと……？

「おーい、早くしろよ〜！」

　廊下のほうから、大きな声が聞こえた。

「ちょっと待って！　確か生徒会にあると思うんだよな……」

　誰……？

　生徒会室に入ろうとしているのか、声が近づいてくる。

　まずいっ……伊波さんと私が一緒にいるところを見られたら、伊波さんが困る……！

「……っ、花恋さん、こっちに」

　わっ……！

　伊波さんに腕をつかまれ、引っ張られる。

　どこへいくつもりなのか、伊波さんは私を連れて生徒会室の奥に移動した。

　伊波さんが、奥にあった扉を開ける。

　え？　生徒会室の中に、もうひとつ部屋があったの……？

「ここなら大丈夫です」

　そう言って、微笑んだ伊波さん。

　私もひとまず、ほっと胸を撫でおろした。

　……のも、つかの間だった。

「……え？」

　部屋の中に飾られていた、大きなポスター。

　そのポスターは……私のアイドル時代の、サイン入りポスターだった。

知らない話

「な、なんでこんなところにっ……」

「花恋さん、しー」

　伊波さんが私の腕を引いて、そっと口を押さえてきた。

　抱きしめられるような体勢になり、ドキッと胸が高鳴る。

「ん、んんっ……！」

　こ、この体勢は、ちょっと……！

　体が密着して、否応なしにドキドキしてしまう。

「少し我慢してください」

　伊波さんは私を抱きしめたまま、生徒会室の中を確認し
ていた。

「あの女、どこ行ったんだろうな……」

「電気ついてるし、どっかでサボってるんじゃないか？」

「まあ、どうでもいいか。……あ、あった！」

　探し物を見つけたのか、彼らが出ていく足音が聞こえる。

　そして、バタンと扉が閉まった音が響いた。

　で、出ていった……？

　伊波さんが、そっと私から手を離す。

「すみません、とっさに触れてしまって……」

「い、いえ」

　解放され、ほっとする。

　恋愛ドラマ以外で抱きしめられたことなんてないから、
ドキドキしてしまった……。

「私だけが隠れればよかったですね。花恋さんまで巻き込んでしまって申し訳ありません」

「いえ、本当に気にしないでください……！　それより……」

　私は飾ってあるポスターを指差した。

「あの……こ、これは……」

　どうしてこんなところに、私のポスターが……と、というか、この部屋は何っ……？

「この部屋は……会長室です」

「会長室？」

　伊波さんは苦笑いしながら、「こちらで話しましょうか？」と扉を開けた。

　生徒会室に戻り、席に座る。

「先ほどの部屋に入ったことは、どうか内密にしていただけませんか？」

「は、はいっ……」

　こくりと、頷いて返す。

　普通は入っちゃダメな部屋ってことかな……？

　会長室って……生徒会長の部屋？　正道くん……？

「実は……正道様はカレンのファンだったんです」

　伊波さんの言葉に、びくっと肩が跳ねる。

「有名な方なのでご存じですよね？　アイドルのカレンさんという方です」

「は、はい」

　知ってるも何も、私です……。

「正道様は彼女の熱狂的ファンで……引退した今もずっと

応援しています」

　え……？

　今もってことは……。

　正道くんは、私のことを嫌いになったわけじゃないってこと……？

　最後の握手会に来てくれなかったのは、飽きたからじゃなかったんだ……。

　よか、った……。

　うれしくて、こっそりと息を吐く。

　今の正道くんを知っても、正道くんのことを嫌いになったわけではないから……嫌われていなかったことに、ほっとした。

　今もずっと、応援してくれていたんだ……。

「ちなみに、このことも内緒にしていただけませんか？」

「も、もちろんです！」

　高校生の男の子だもん。アイドルのファンだって、公言するのは恥ずかしいのかもしれない。

「あのポスターも、イベントで直接サインしてもらったもので、ずっと大切に飾られています」

　そういえば……確か、抽選で5名とかのイベントだった気がする……。

　伊波さんから話を聞いて、あのポスターのことを思い出した。

「そうだったんですね……」

　ずっと大切にしてくれていたなんて……。

　身近な場所に飾ってくれていたことも……うれしいな……。
「正道様がアイドルのファンで、驚きましたか？」
「え？」
　突然の質問に、思わず声が上ずった。
　た、確かに、何も知らない状態なら、驚いたかもしれない……！
　正道くんはアイドルに熱狂する側というより、熱狂される側の人間だと思うから。
　私も最初、正道くんが通い始めてくれた時は、どうしてこんなに綺麗な男の子が……って不思議に思ったくらい。
　伊波さんは優しい表情で、正道くんの話をしてくれた。
「冷たい方に見えますが、正道様は愛嬌のあるお方です。車内でも、カレンさん以外の曲を流すだけで怒られるんですよ」
　そ、そうなのっ……？
「正道様の端末には、カレンさんの楽曲しか入っていないそうです」
「え……！」
　そこまでだったなんてっ……。
　いつも、正道くんが言ってくれていた言葉を思い出す。
『僕はカレンだけを応援しているから』
　その言葉を疑っていたわけではないけど、本当だったんだ……。
「ふふっ、話しすぎましたね」
　伊波さんはそう言って微笑んだあと、どこか遠くを見る

ように視線を外した。

「彼女の存在が……大きすぎたのかもしれません」

　え……？

「彼女が引退してから、正道様はひどく落ち込んで、ますます冷たい方になられてしまったんです……」

　……っ。

　正道くんがあんなふうになってしまったのは、私のせい……？

　話を続ける伊波さんに、じっと耳を傾ける。

「前は、他者を罵倒したりすることはあっても、直接標的を作るようなことはなかったんですが……」

　ば、罵倒することはあったんだ……。

　ええっと、やっぱり、私の前の優しい正道くんは、いつもよりも優しかったってことかな……？

　でも、今ほどではなかったってことは……少なくとも私にも原因があるってことで……。

「カレンさんに会えなくなって、生きる意味を見失ったように……変わってしまったんです」

「……」

　伊波さんから聞かされた事実に、言葉を失う。

「そう、だったんですね……」

　罪悪感で、胸がいっぱいになった。

「引退するまでは、ライブやイベントには欠かさず通っていたんです。正道様はご趣味などはなく、本当にカレンさんに会うことだけが楽しみでしたから」

　それは……痛いほどわかっていた。

　正道くんはいつも、会うとこれでもかってくらいうれしそうな顔をしてくれたから。

「……なので、なおさら花恋さんのこと……目の敵にしてしまっているのだと思います……名前を聞いたら、思い出してしまうんでしょう……」

　……何も言えないや。

　正道くんにとって、今の私は神経を逆なでする人間でしかないだろう。

「それと、声も……少し似ている気がしますから」

　……ぎくっ。

「そ、そうですか？」

　声……響くんにも言われたっ……。

　や、やっぱり、もう少し低くして話すべきかな……。

　気をつけようっ……。

「はい。よく似ています」

　にっこりと微笑んだ伊波さんに、苦笑いを浮かべる。

　いつもライブに同行してくれていた伊波さんの言葉には、説得力がある。

　見た目が完全に違うだろうから、声でバレる可能性は低いだろうけど、万が一があるから。

「伊波さんは……カレンのことは、苦手だったりしませんか？」

　気になって、ふと質問を投げた。

　伊波さんはいつも一緒にいたけど、もしかしたら嫌々参

加しているんじゃないかって思ってたんだ。

　さっき、付き人だって話も聞いたから、なおさら……本当は行きたくないのに、ライブや握手会に来てくれていたのかもしれない……。

「苦手？　いえ、そんなことはありませんよ」

　そっか……よ、よかった……。

　安心して、肩の力が抜けた。

「というより、男でカレンさんを好きではない人間はこの国にはいないと思います」

「あ、あはは……」

　笑顔で冗談を言った伊波さんに、笑顔を返す。

「それに、好きになったのは私のほうが……」

「……？」

「いえ。そろそろ仕事を再開しましょうか。これ以上遅くなるといけません。女性に寝不足は大敵ですもんね」

　そう言って微笑んだ伊波さんに、「はい」と返事をする。

　こんな私のことも女性扱いしてくれるなんて、やっぱり伊波さんは紳士的だなぁ……。

　優しいし、真面目だし、こんな人が恋人だったら、きっと幸せだろう。

　そんなことを思いながら、私は山積みの仕事を再開した。

　仕事をしながら、考えるのは……正道くんのことばかりだった。

「今日は手伝ってくださって、ありがとうございまし

た……！」

　伊波さんが協力してくれたおかげで、山積みの仕事がすべて終わった。

　なかば諦めていたから、綺麗になった机の上に、目頭が熱くなる。

「いえ。花恋さんは仕事が速いので、すぐに終わりましたね」

「伊波さんが速かったんですよ！　びっくりしました……！」

　入力のスピードも、判子押しの速さも……尋常じゃなかったっ……。

　おかげさまで、今はまだ19時半前だ。って言っても、本来は18時解散なんだけど……あはは……。

「私は慣れているだけです。本当に、花恋さんが入ってくださって助かりました。生徒会は人手不足なので」

「そうなんですか？」

　10数名いるから、人出は足りているものだと……。

「はい……生徒会室に来てくださらない役員の方もいるので……」

「そ、それは大丈夫なんですか？」

　来てくれないって……さ、サボってるってこと？

　そんなことしたら、正道くんが許さないんじゃっ……。

「最低限の仕事は、在宅でしてもらっています。ただ、本当に最低限なので、そろそろ忠告しようかと……」

　苦笑いを浮かべている伊波さんに、私も乾いた笑みがこぼれる。

　人手不足ならもっと役員を増やせばいいんじゃないかと

思うけど、そうもいかないんだろう。

　人数は決まっていそうだし、何より、そんな何人もの生徒に食事を無料で提供するのは、学食も厳しいだろうから……！

「私も、役に立てるように頑張ります！」

　たくさん食べさせてもらうぶん、しっかり働こう！

「ふふっ、頼もしいです」

　私たちはたわいもない会話をしながら、生徒会室を出た。

　やっと帰れる……お腹すいたっ……。

　もう秋だから、外はすっかり暗くなっていた。

「花恋さんの寮はどちらですか？　送っていきます」

「いえ、私は寮生活じゃないんです」

　伊波さんは私の返事に、なぜかとても驚いている。

「え……？　そうだったんですね。それではもう暗いので、家までお送りしますよ」

「ありがとうございます！　でも、平気です！」

　その言葉はありがたいけれど、これ以上迷惑はかけたくない。

　伊波さんのほうが疲れているだろうし。

「そうですか……」

「はい！」

　靴箱まで一緒に来て、下足に履きかえる。

「それでは、また……」

　伊波さんは言いかけて、なぜか先の言葉を飲み込んだ。

ん……？

私の後ろ……運動場のほうを見て、目を見開いている。

何かいるのかな……？

不思議に思い振り返ると、そこにいたのは……。

「花恋」

「え？」

天聖さん……!?

「……花恋さん、この方とお知り合いですか？」

伊波さんが、天聖さんを見たままそう聞いてくる。

「はい……！　天聖さん、どうしてここに……！」

急いで、天聖さんに駆け寄る。

天聖さんは私から伊波さんに、視線を移した。

「……」

ど、どうして、ふたりともじっと見つめ合ったまま固まっ
てるの……？

誰もいない校舎の玄関ホールはとても静かで、静寂に包
まれていた。

私はふたりを交互に見ながら、どうしていいかわからず
立ちつくす。

「こんばんは」

先に口を開いたのは、伊波さんだった。

「それでは、私は失礼します。また明日、花恋さん」

「は、はい……！」

挨拶をして、帰っていった伊波さん。

今の、なんだったんだろう……？　ふたりは知り合

い……？

　それより、どうして天聖さんがこんなところに……！

　もしかして……。

「ずっと待っててくれたんですか？」

　私の質問に、天聖さんは視線をそらした。

「……お前、迷子になるだろ」

　天聖さん……。

　いったいいつから待っていてくれたんだろう……寒いの
に……。

「ありがとうございます……」

　ごめんなさいよりも、その言葉を伝えたくて口にする。

「昨日も言ったけど、変に気つかうんじゃねぇ」

　天聖さんはそう言って、私の頭に手をのせた。

「遅くなるなら遅くなるって言え。何時でも迎えに来てや
るし、気つかわれるほうが心配になる」

　どうやら、私の嘘を天聖さんはお見通しだったらしい。

　だからって、こんな時間まで寒い中待っていてくれるな
んて……。

「早く帰るぞ」

　そう言って、歩きだした天聖さん。

「天聖さんは……どうしてそんなに、私によくしてくれる
んですか？」

　私はその広い背中に、ずっと気になっていた質問をぶつ
けた。

　別に私のファンでもなんでもない、ただ一度会ったこと

　があるってだけなはずなのに。
　　どうして……ここまで親切にしてくれるんだろう。

一番

【side天聖】

「天聖さんは……どうしてそんなに、よくしてくれるんですか？」

花恋の言葉に、後ろを振り返る。

気持ち悪がられたか……？

そう思ったけど、俺を見つめる目に嫌悪感はなかった。

ただただ気になって仕方がないという、興味故の疑問のようだ。

俺は……花恋と出会った日のことを思い出した。

当時中学1年だった俺は、さまざまなことに嫌気がさしていた。

旧財閥の御曹司として生まれ、子息だけれど昔からまるで令嬢のように蝶よ花よと育てられた。

大人でさえ俺に媚を売り、同年代の奴らも俺に気に入られようと必死なのが目に見えていた。

それが気持ち悪くて、仕方なかった。

何が目的かはわかっている。

地位や名声、名誉。そんなものが欲しくて、群がってくる人間たち。

自分が恵まれた環境にいることも、いくつもの才を与えられていることもわかっていた。

　だからこそ、ただつまらなかった。何もかもが。

　しだいに学校にも行かなくなり、試験さえ受けず、成績は自動的に学園最下位。

　親は育て方を間違えたと気に病んでいたが、そんなこともどうでもよかった。

　何もかもから遮断されたいと願っていた。

　そんな時、学園のイベントで、アーティストを招待してのコンサートが開催された。

　主催は確か、生徒の誰かだったはず。そんなこともどうでもよかったから憶えてない。

　俺の家が所有しているドームで行うことになり、俺はつまらないからと非常階段のフロアで時間を潰していた。

「あの……！」

　声がして、顔を上げる。

「すみません、おうかがいしてもいいですか！」

　この世のものかと疑うほど美しい顔をした女が、不安げな顔で俺を見ていた。

「……」

　……出演者か……？

　自分は見た目で評価されることが嫌いなくせに、思わず魅入ってしまうほど凄絶な美貌。

　すぐに自分の鬱陶しい感情を払い、立ち上がる。

「A館の３出口？に行きたいんですけど……道に迷ってしまって……」

　A館……ここから一番離れてる。

　どうしてここまで迷ってきたんだ。

　同情はするが、送ってやるほど俺は親切ではない。

「あ、あの……？」

「看板見ればわかるだろ」

　俺はそう言って、行き先が示された看板を指差した。

「この通りに歩けばいい」

「私、方向音痴でっ……」

　……確かに、看板で辿りつける奴なら、ここまで迷わな
いか。

「……ちっ」

　助けを求めるような目で見つめられ舌打ちをする。

　面倒だ……。でも、時間がないんだろう。

「……ついてこい」

　仕方ないと思い、歩きだした。

「あ、ありがとうございます……！」

　女がそう言って、俺の後ろをついてくる。

「あの、あなたはコンサート、見ないんですか？」

「興味ない」

「そうですか……」

　悲しそうな声色に、また舌を打つ。

　今のは俺が失言だった。

「別に、バカにしてるわけじゃない」

　今日のコンサートやらに、価値がないと言いたいわけ
じゃない。

「ただ、そういうものを見ても、何も思えないから」

「え?」

「感情が動かない」

　俺は感動だとか、喜びだとか、そういう感情が欠如している。

　何を見ても何も思わないし、興味を持てない。

　対、モノにしても、人にしても。

　だから……そんなものを見たところで、意味がなかった。

　寝てるほうがマシな上に、無反応な俺がいたら周りも気を使う。

　そろそろ到着するという時に、奥から人の声がした。

「なあ、このあと、誰だっけ?」

「カレンでしょ?　最近人気の」

　後ろを歩く女が、びくりと反応したのがわかる。

　そして、足を止めた。反射的に、俺も立ち止まる。

「あー、あいつか。年下だから嫌なんだよね～」

「わかる。どうせぽっと出だからすぐ消えるでしょ」

「絶対自分のこと一番可愛いって思ってるタイプだよね～」

　もしかして……。

「カレンってお前のこと?」

「あ、あはは……はい」

　苦笑いを浮かべるそいつは、あきらかに傷ついた顔をしていた。

　しょうもない……。

「勝手に言わせておけ、あんな奴ら。人を表面でしか評価することしかできない奴らだ」

　自分では何も成しとげられない、一生他人のことにケチをつけ続けることしかできない人間たち。この世の大多数。
　俺の言葉に、女はまだ苦笑いを浮かべ続けている。
「よくあるのか？　ああいうの」
「はい……アイドルをしていると、嫌でも批判が来るんです。アンチもいっぱいいます」
　話していた女たちが去っていって、俺たちも歩くのを再開した。
「その対処法として言われているのが、『不幸な相手と思いなさい』なんです」
「……」
「批判なんてする人は、人生が楽しくない不幸な人間だから、好きなように言わせてやりなさい……って。みんなそうやって、批判と向きあうんだ、って」
　その通りだと思う。
　俺は感情がないから、誰にどう言われたって、どうでもいい。
　でも……こうやっていちいち傷つく奴は、そんなふうに言いきかせなければ心が折れるんだろう。
　こいつは見るからに弱そうだし、アイドルなんかとくにそうだろうから。
「でも……それに違和感を覚えたんです。そうやって切りはなして、決めつけて……そんなことをしても、私の心は晴れない。それって、悲しいでしょう？」
　女はそう言って、本当に悲しそうな顔をした。

　表情がコロコロ変わる奴だ……。

　俺とは違い、いろんな感情を持っている。

　少しだけ、うらやましいと思った。

「私は私のことが嫌いな人ごと……全部幸せにしたいって思ったんです」

　は？

「いつか好きになってもらえるように、私を見て、幸せだって思ってもらえるように……って」

　さっきまで悲しい顔をしていた奴とは思えないほど、凛々しい表情になった女。

「私は残されたアイドルの活動期間で、できる限りみんな幸せにしたい。私を見つけてくれた人みんなを、まるごと幸せにできるアイドル！」

　訂正する。

　……こいつは強い女だ。

「だからどれだけ叩かれたって、嫌われたって歌います」

　そんなふうに考えられる人間が、いったいどれだけこの世にいるんだろうと思った。

　少なくとも、俺は初めて出会った。こんな汚れのない人間に。

　正直、アイドルなんかしょせんって思っていた自分がいたから、俺だって薄汚れた人間と一緒だ。

　こんな奴もいるのか……。

「あ、ここだ……！　ありがとうございます！　送ってくれて……！」

　目的地について、女が笑顔を浮かべた。

「よかったら、私のステージ観ていってくださいね！」

「……」

「今日のお礼に、あなたのことも幸せにしたいです！」

　……なんだそれ。

　女を見送ったあと、俺の足は自然とホールに向いていた。

　中に入ると、ちょうど女……カレンが歌いはじめるところだった。

　ステージで踊るカレンは目を奪われるほど圧倒的なオーラを放ち、ただただ美しかった。

　初めて──俺の感情を動かした女。

　その場にいた全員がステージ上のカレンに釘付けになり、笑顔になっていた。

　ステージが終わって、また非常階段に戻った。

　俺はさっきのカレンの姿を思い出し、目をつむる。

　儚い印象がありながらも、瞳には強い光がやどり、凛としたその姿は美しかった。……そしてなにより、可愛いと思った。

　自分の中に、こんな感情があったのか。

「見つけましたっ……！」

　聞こえた声に、ゆっくりと目を開ける。

　寝転んでいる俺を見下ろすカレンの綺麗な瞳と、目が合った。

「もう一度、お礼が言いたくてっ……！」

　そんなことのために、わざわざ戻ってきたのか……。ていうか、戻ってこれたのか。

「また迷子になるぞ」

「えへへ、もうなってます」

　……バカだな……。

「控え室のところに戻るのか？」

「はい！」

「送る」

　立ち上がり、つま先を出口へと向ける。

「え？　時間があるので、地道に探しますよ」

　放っておいたら、一生辿りつけなさそうだ。

「こっちだ」

　控え室までの道を、並んで歩いた。

「私のステージ、見てくれましたか？」

　不安そうに聞いてくるカレンに、「ああ」と答える。

「幸せな気持ちに、なれた気がする」

　こんなことを言うキャラではなかったのに、こいつが喜ぶならと、素直な感想が口からこぼれていた。

　俺が思った通り、うれしそうに笑顔を浮かべたカレン。

「よかったっ……」

　さっきのステージの時とは違う。自分だけに向けられた笑顔。

　その笑顔を、さっき以上に可愛く思った。

　控え室のある通路に出て、俺だけが立ち止まる。

「この奥だ」

「ありがとうございます！」

「頑張れよ」

「はい！」

　走りだそうとしたカレンが、足を止めて振り返った。

「あなたも、頑張ってください！」

　……何をだよ。

　そう思ったけど、俺はとっさにまた「ああ」と返事をしてしまった。

　カレンの背中を見ながら、引き止めてしまいたくなった。

　……手の届かないような人間に惚れるとか、俺はバカなのか。

　いつからこんなバカになったんだと、自分に呆れる。

　それでも、こんなまぶしい人間に出会って、どうやったら手を伸ばさずにいられるんだ。

　惹かれずにいる方法があるなら、教えてくれ。

　あれから数年が経った。

　別にその後、カレンのコンサートに行くようなこともしてない。

　俺は別に、ファンではないから。ただあの日出会ったひとりの女が、忘れられないだけ。

　それが偶然アイドルだっただけだ。

　カレンが引退して、顔すら見ることができなくなった。

　あいつは今どこで、何をしているんだろう。

　漠然とそんなことを考えてしまう日々。

　──カレンに再会したその日も、朝、何をするでもなく、バイクにまたがっていた。

　どこに行こうか……と、悩んでいた時だった。

「あの……！」

　……聞き間違えか？

　いや、俺がこの声を聞き間違えるはずがない。

　振り返ると、そこには制服を身にまとったひとりの女が立っていた。

　黒い髪、分厚いメガネ。長く伸ばした前髪。

「……」

「すみません、おうかがいしてもいいですか！」

　目の前の女が、昔の光景と重なる。

「……っ、は？」

　──あの女だ。

　間違いない。そう断言できた。

　見た目は違う。別人だ。でも……今、俺の目の前にいるのは、忘れられない相手だ。

「星ノ望学園に行きたいんですけど……道に迷ってしまって……」

「……」

　あまりに想定外の展開に、動けなくなる。

　頭が真っ白だとか、そんなレベルではない。

「あ、あの……？」

　微動だにしない俺を見て心配になったのか、カレンが顔を覗き込んできた。

　どうして星ノ望学園にいる？　その変な格好はなんだ？
　聞きたいことは山ほどあったが、俺はただ強く感情を動
かされた。
　うれしい。またこいつに会えた。
　素直に、そう思った。

　偶然は続き、花恋の引っ越し先は俺の隣の部屋だった。
　警戒させてしまうと思ったが、思いの外……というより
心配になるほど危機感がなく、その心配は不要だった。
　自分がどれだけ有名な人間か、人を惹きつけてしまう人
間か、ひとつもわかってない。
　だから……俺が守ってやりたいと思った。
　こいつが平穏な高校生活を送りたいと言うなら、その夢
を叶えてやりたいと思ったんだ。

「天聖さんは……どうしてそんなに、よくしてくれるん
ですか？」
　理由なんかひとつしかない。
　──好きだからだ。
　けど、そんなことを言えば困らせてしまうことが目に見
えてる。
　今のこいつにとって俺は、唯一自分の正体を知っている
人間。
　だからこそ、花恋にとって気の許せる存在でありたい。
　何も気にせず、ただ幸せな顔をしていてほしい。

「……友達、なんだろ」

　考えた末、俺の口から出たのはそんなセリフだった。

「友達なら、助け合う、だろ」

　……俺はバカなのか。

　自分のアホさに、寒気がした。

　どんな言い訳だ……いくらなんでも、説得力がなさすぎるし言い訳くさすぎる。

「……！　なるほど……！」

　そう思ったのに、なぜか花恋は感動したように目を輝かせていた。

「天聖さんは、本当にいい人ですっ……天聖さんみたいな友達想いな友達がいて、私は幸せですっ……」

　……こいつもバカなのか。

　まあ……バカで助かった……。

「……早く帰るぞ」

　俺はそう言って、花恋の隣を歩いた。

　今はまだ……友達でいい。

「そういえば、聞いてください！　今日、学食のオムライスを食べたんです……！」

「……そうか」

　一番の友達という座を手に入れて、こいつを守ってやりたい。

　楽しそうに話す花恋の姿を見て、そう思った。

4 th STAR
学園生活

一緒にご飯

　「それで、そのオムライスがすごくおいしかったんです……！」

　天聖さんと一緒に、帰り道を歩く。

　友達だから、助け合おうと言ってくれた天聖さん。

　天聖さんは、本当にいい人だっ……。

　今も私のどうでもいい話を、黙って聞いてくれる。

「そうか」

「天聖さんは好きな食べ物とかありますか？」

　友達のことは知っておきたい……！

「……ない」

　な、ない……？

　冗談とかではなく、真顔で言っている天聖さん。

「食べることに興味がない」

　きっぱりと、言いきってしまった。

　食べることに、興味がない……？

「えっ……そ、そんな人、いるんですか……！」

　私は、食べることが生きがいのひとつなのにっ……！

「腹が減ったら適当に物を入れるだけだろ」

「そ、そんなっ……」

　ただ機械的に食事をしてるってこと？

「お前は？」

「え？」

「何が好きなんだ」

　突然の質問返しに、「うーん……」と考える。

「好きなもの……いっぱいあります……！」

　ありすぎてひとつに絞れない……。

「でも、強いて言うなら……」

　私は考えた末、大好物を口にした。

「お肉です！」

「ふっ」

　満面の笑みで答えた私を見て、天聖さんが吹きだした。

「い、今、笑いましたか……！」

　お、お肉って、やっぱり女子力がなかったかな……。

「そうですよね、女の子は普通甘いものとか、可愛いものが好きって言うべきだってわかってるんです……アイドルの時も、マネージャーに言われて好きなものは苺って答えるようにしてました」

「くっ……」

「ま、また笑いましたね……！」

　恥ずかしくなって、顔が熱くなる。

　だって、焼肉とか、ステーキとかおいしいんだもん……。

　くしゃっと、頭を撫でられる。

「今度、うまい肉食いに行くか？」

　顔を上げた先に、天聖さんの優しい眼差し。

「はいっ」

　焼肉屋さん？　行きたいっ……！

　楽しみなことが、ひとつ増えた。

「あれ？　この道、朝とは違いますよね？」

　天聖さんについていっているだけだから気づかなかったけど、明らかに知らない道に出ていた。

「暗い道より明るいほうがいいだろ。あっちは近道だけど街灯がないからな」

　天聖さんの気遣いに、頭を下げる。

「ありがとうございます。実は、暗いところは苦手なんです……」

　昔、アイドル時代にいじめられて暗闇に閉じ込められたことがあった。

　それ以来、本当に暗いところがダメで、ひとりで夜寝る時も照明をつけている。

「……そうか」

　理由を聞かれなかったことに、ほっとした。

　そういえば……天聖さんといると、すごく落ちつく。

　それは、天聖さんが私がカレンだと知っても、何も聞いてこないからかもしれない。

　私が元アイドルってことを何も気にせず、一緒にいてくれている気がする。

　私にとってはそれが……とても心地よかった。

「あっ……」

　ふと、歩いている途中にあったスーパーマーケットが目に入る。

「え……なんですか、このスーパーは……」

　私はそのスーパーを見て、驚き固まった。

「ただの普通のスーパーだろ？」

　普通？　これのどこがっ……！

「や、安い……！」

　私は思わず、店頭に並べられた商品のところへ駆け寄る。

　都内にこんなに安いスーパーがあったなんて……！

　どれも衝撃の価格表示で、きらきらと目が輝いた。

「すみません……！　あの、買い物して帰ってもいいですか……？」

　食材の買い出しをしなければ、引っ越したばかりで調味料がまったくない。

　外食なんてもってのほかだから、早く自炊を始めないといけない。

　本当は、今日は帰ってから買い物に行くつもりだったけど……こんな激安スーパーを見つけたからには、入らずにはいられなかった。

「マンションの中にスーパーあるだろ？」

「マンションのスーパー、高いんです……！」

　実は、マンションの中にはあらかたの施設が備わっていて、コンビニやスーパーまであった。

　ただ……どれも目を疑うような値段。

　きっとあんな高級マンションに住む人たちは、お金があり余っているだろうから、みんな私とは金銭感覚が違うんだっ……。

　とにかく、私はそんな贅沢な暮らしをする余裕はないし、できるだけ節約したい。

「……たいして値段変わらないだろ」

　たいしてって……！　天聖さんも、お金持ちなんだきっと……！

「変わります……！　30円でも、10個買ったら300円の差ですよ！　食費は節約しなきゃ……！」

　私はただでさえよく食べるから、食材の中から特に安いものを選ばなければいけない。

「お前、やっぱり変わった女だな」

「え……」

　変わった女？

　けなされているのかと思い天聖さんを見ると、なぜかうれしそうな視線を感じる。

「ほめ言葉だ。入るぞ」

「ありがとうございますっ……！」

　天聖さんからスーパーに立ち寄る許可をもらい、私はうきうきで店内に入った。

「す、すごい……！」

　どの商品も、破格の値段……！

「天聖さん見てください！　卵が98円……！　あ、もやしが10円……!?」

「……これ、食べられるのか……？」

　目を輝かせている私とは対照的に、天聖さんは眉をひそめ、不安げな表情。

「おかしいぞ、この金額……」

　天聖さんはやっぱり、相当なおぼっちゃまなのかもしれ
ない。
「怪しいものが入ってるわけじゃないので問題ないです！
普通のスーパーも、特売の時はこのくらいあり得ますよ！
ただ、常時この値段は驚きです……！」
　そう言って、天聖さんを安心させる。
「あれも、これも……このスーパーは天国です……！」
　近場にこんなスーパーがあったなんて……これで食費の
心配はしないで済むっ……！
「ふっ……」
　笑い声に気づき、手にしていた特売の野菜から天聖さん
の顔に視線を移す。
「あ……い、今、ケチって思いましたか……？」
　特売に目を光らせるなんて、女子高校生らしくないって
思われたに違いないっ……。
　確かに、節約が趣味なんて、所帯じみていて可愛くない
よね……。
「思ってない」
　天聖さんはそう否定して、私の頭を撫でた。
「金銭管理がまともなのは、いいことだ」
　……え？
　まさかほめられると思ってなくて、うれしくなる。
　こんな姿、ファンの人に見られたら幻滅されるって
思ってたけど……こうやってほめてくれる男の人もいる
んだ……。

　天聖さんは……やっぱり優しい……。

「う……このくらいで我慢……」

　カゴがいっぱいになり、そろそろ限界だと諦める。

　本当はもう少し買いたかったけど、あんまり買ったら持てなくなっちゃう。

「荷物持ちしてやるから、必要なもん全部買っとけ」

「天聖さんっ……！」

　今、天聖さんが神様に見える……！

　結局、私は買いたいものを全部買ってスーパーを出た。

「全部持ってくれてありがとうございます……！」

　ひとつくらい持つと言ったけど、天聖さんは４つの買い物袋を全部持ってくれた。

　相当重かったと思うのに、軽々と持ってくれたから、天聖さんは力持ちなのかもしれない。

　細身でスタイルがいいのに、意外だ……って、意外は失礼……！

　そういえば、バイクに乗せてもらった時、筋肉質っぽかったから、体を鍛えているのかもしれない。

「別に」

　クールな天聖さんは、それだけ言って荷物を私の玄関に置いてくれた。

「買い出しに行くときは俺を呼べ」

　そう言ってもらえるのは、すごくありがたい。

「お前、力なさそうだし」

「うっ……」

　ひ、非力なことは気にしているから、ぐさっと胸にダメージを受けた。

「それじゃあな」

　帰ってしまおうとする天聖さんの腕を、私は反射的につかんだ。

「……どうした？」

「あの……よかったらご飯食べて行きませんか？」

　せっかくだからと、お誘いする。

　天聖さんにはお世話になってばかりだから……何かお返ししたいと思って。

「……は？」

「すぐに作ります！」

　急がないと、私もお腹が空いて力尽きそうだっ……！

「お前、危機管理能力死んでるのか？」

　え……？

　怖い顔になった天聖さんに、目を瞬かせる。

　ど、どうして怒ってるの……？

「いいか？　ひとり暮らしの家に、軽々しく男を呼ぶな」

「は、はい……」

　まるで小さい子どもに言いきかせるように、そう言った天聖さん。

　ご飯誘ったの、ダメだったかな……。

「ごめんなさい……今日はたくさんお世話になったので、何かお礼がしたくって……迷惑でしたよねっ……」

　正直、ひとりで食べるご飯は味気ないし、お礼も兼ねて一緒に食べたかったけど……ダメなら諦めよう。

　天聖さんのことを困らせてしまって、しゅん……と、肩を落とす。

「迷惑とか……そういう話じゃない」

　……ん？

「あー……俺が悪かったから、そんな顔するな」

　眉間にしわを寄せたまま、私の頭をわしゃわしゃと撫でてくる天聖さん。

　迷惑じゃないと言われたことに、少しほっとした。

「あの、迷惑じゃないなら、一緒に……」

　……なんて、しつこいかな……？

「お前、ずるいぞ」

「ずるい？」

「はぁ……家で待ってる」

　諦めたように、ため息をついた天聖さん。

　え……それは、オッケーってこと……？

「はい！」

　私はうれしくなって、笑顔で頷いた。

　よーし、天聖さんのためにも、おいしいご飯作らなきゃ……！

心強い存在

　うん、完成！

　ぱぱっとカレーを作って、お皿に盛りつける。

　素揚げ野菜と目玉焼きをのせて、テーブルに運んだ。

　サラダの生春巻きを盛りつけたお皿も隣に置いて、天聖さんを呼びに家を出る。

　──ピンポーン。

「天聖さん、できました！」

『……早いな。今行く』

　出てきてくれた天聖さんと私の家に戻って、テーブルを囲んだ。

「どうぞ」

「……」

　あれ……？

　料理を見たまま、じっと固まっている天聖さん。

　今にもお腹が鳴りそうな私は、「どうしたんですか？」と声をかけた。

「これ、今作ったのか？」

「はい」

「お前……料理得意なんだな」

　感心している天聖さんの姿に、恥ずかしくなった。

「得意というか……好きなんです」

　自炊するのは節約の一環だったし、アイドルになる前、

家族と暮らしていた時から8人分の料理を作っていた。

　お父さんとお母さんは、共働きで家にいなかったから。

「お店でおいしいもの食べた時とか、どうやったらこの味を格安で作れるだろう……って研究してます！」

「知れば知るほど変な奴」

　へ、変な奴……？

　たまに天聖さんは、ほめているのかけなしているのかわからない……あはは……。

「味は保証できませんけど、食べてください……！」

「いただきます」

　ぱくりと、カレーを頬張った天聖さん。

「……うまい」

　その言葉に、ほっと胸を撫でおろす。

「よかったぁ……」

　久しぶりに人に手料理を振るまうから、緊張した。

　おいしいって言ってもらえるのは……うれしいなっ……。

　お腹が減っていたので、私も手を合わせて食べ始める。

「お前……その量食えるのか？」

　私のお皿に盛られている量を見て、天聖さんが驚いた顔をしていた。

「はい！　いつもこのくらい食べます！」

　ちなみに、今日はとくにお腹が減っているから、おかわりもする予定だ。

「いつも……？」

「私、たくさん食べるんです！」

　もう天聖さんにはいろいろとバレてしまっているから、今さら恥ずかしがる必要もない。

　笑顔でそう言った私を見て、天聖さんがおかしそうに笑った。

「ふっ、そうか」

　その笑顔が綺麗で、つい食べる手を止めて見惚れてしまった。

　改めて思うけど、本当に綺麗な人……。

　芸能界でも、こんなに綺麗な人はいなかった。

　傷みを知らない漆黒の髪。白い肌。一見冷たい印象を与える切れ長の目。

　グレーの瞳に見つめられると、吸い込まれてしまいそう。

　クールで、綺麗さ故に見た目には圧があるように見えるけど……すごく優しくて、笑うと否応なしに心臓が飛びはねるくらい美しい。

　きっと学校でもモテモテなんだろうなと、ふと思った。

　そういえば……天聖さんの名前は聞いたことがない。どうしてだろう？　正直、系統は違うけど正道くんと互角な美男子だと思うのに……。

「……なんだ？」

　あまりにじっと見ていたからか、天聖さんがそう聞いてきた。

「い、いえ……！」

　いけないいけない。まじまじと顔を見つめられたら、嫌だよね。

　でも……今気づいたけど、私は天聖さんのこと何も知らないなぁ。

　学年は2年生って言ってたけど、何クラスかも、どうして寮に入っていないのかも。

　天聖さんは……どの階級なんだろう？

　FS生は自動的に生徒会だって言ってたから……FSではないはず。NS？　それとも……。

　いや、そんなことはどうでもいいや。

　別に天聖さんがどの階級だろうと、何も変わらない。

　今こうして、私と仲良くしてくれている。その事実だけでいい。

「天聖さん……今日もありがとうございました」

　改めて、感謝の言葉を伝える。

　朝、送ってくれたことも……私が生徒会が終わるまで待っていてくれたことも。感謝してもしきれない。

「お前はそれが口癖なのか？」

「ふふっ、言っても言いたりないくらい」

　「ありがとう」って言葉は、何度でも伝えたいから。

「……俺のほうこそ」

「え……？」

「うまい飯が食えて助かった。ありがとな」

　天聖さんはそう言って……うれしそうに微笑んだ。

　今まで見た笑顔とはまた違う、幸せそうな笑顔だった。

「……っ」

　あまりに綺麗に笑うから、心臓がドキッと大きく跳ねあ

がった。

　イ、イケメンの笑顔には、破壊力があるなぁ……。

「どうした？　顔が赤いぞ？」

「て、天聖さんが綺麗すぎるからです」

　正直にそういえば、「綺麗ってなんだ」と少し不満げな天聖さん。

　メガネしててよかった……今きっと、顔が真っ赤だったに違いない。

　そういえば、もう変装外してもいいんだ。

　メガネとウイッグの存在に気づき、私はそれらを外した。

「……っ、お前……」

　なぜか驚いている天聖さん。

「天聖さんにはバレちゃってるので、もういいかなって」

　ウイッグを綺麗に畳んで置き、その上にメガネものせた。

「はぁ……すっきりしましたっ……ウイッグ、結構苦しいんです……」

　夏は蒸れちゃいそうだなぁと懸念している。

　変装をとった私を見て、天聖さんは呆れたようにため息をついた。

「……お前、そんなやすやすと外すなよ」

「……？　天聖さんの前だからいいんです」

「……先が思いやられる」

　ほかには誰もいないし、そんな心配しなくても、もちろんほかの人の前では外したりしない。

「でも、本当に……バレたのが天聖さんでよかった」

　正直、誰にも内緒で過ごしていたら、苦しかったと思う。

　今、窮屈じゃないのは、天聖さんがいてくれるからだ。

　私のことを知ってくれている人が近くにいてくれるの
は、本当に心強い。

「バレたらやばいんだろ。もっと危機感持て」

「えへへ……はいっ」

　忠告に、笑顔で返事をする。

「天聖さん以外には、バレないように気をつけます」

　これから２年と少し隠し続けないとって考えると不安だ
けど、天聖さんがいてくれるなら大丈夫な気がした。

「……そうしてくれ」

　私たちはたわいもない話をしながら、ご飯を食べた。

伊波さん

　あれから、数日が経った。
「終わったら連絡しろ」
「はい！　また放課後です、天聖さん」
　朝。天聖さんと別れて、生徒会室へ向かう。
　天聖さんは毎日登下校を一緒にしてくれて、ご飯もたまに一緒に食べる関係。
　お友達として、とても仲良くしてくれている。

「おはようございます……！！」
　挨拶をして、生徒会室に入る。
「うわ、今日も来た……」
「あいつ、いつになったらやめるんだよ……」
「はぁ、空気がまずくなる……」
　生徒会では相変わらず、煙たがられている。
　役員さんはもちろん……。
「お前はよほど学習能力がないようだな」
　正道くんが、私の前に歩み寄ってきた。
「俺はその薄汚い見た目をどうにかしろと言っている」
「その、なので見た目はどうにも……」
「せめてその長ったらしい前髪を切れ。鬱陶しい」
　こうして正道くんに罵倒されることにも、若干、慣れはじめている自分がいる。

　もちろん、悲しいけれど……。

「お前ごときがかれんの名前を名乗っているのが不快極まりない……」

「え？　今なんて……」

「ちっ、早く生徒会から消えろと言ったんだ。ボロ雑巾め」

　ぼそっと何か言って、自分の席に戻っていった正道くん。

「……」

　どうしたんだろう……？

「ほら、ぼけっとしてないで早く仕事をしろ！」

　舌打ち先輩が、どしっ！と山積みの資料を私の机に置いてきた。

　生徒会では、雑用係として肩身の狭い毎日を送っている。

　ただ、この生徒会にも、ひとつだけ救いがあった。

　そろそろ授業が始まる時間になり、ぞろぞろと出ていく役員さんたち。

　私は仕事が残っていたので、ぎりぎりまでできることをしていた。

　みんながいなくなって、生徒会室に私と伊波さんふたりだけになる。

「花恋さん、今日も正道様が失礼なことを言って、すみません……」

「いえ、いいんです。いつも言っていますけど、伊波さんが謝ることじゃないです」

「せめて謝罪させてください……」

　伊波さんはいつものように頭を下げた。

　本当に、気にしなくていいのにっ……。

　伊波さんとは、ほかの役員さんたちがいない時、こうしてひそかに話す仲になった。

　私の、4人目のお友達っ。

「あ……そうだ」

　何かを思い出したように、自分のカバンの中を漁りだした伊波さん。

「これ、よかったらどうぞ」

　そう言って、小さなラッピング袋を渡してきた。

「いただきものなんですが、焼き菓子の詰め合わせです」

「わっ……！　ありがとうございます……！」

　焼き菓子……！　うれしい……！

「花恋さんは表情豊かですね」

「そ、そうですか？」

「本当に、あの方に似ている……」

「あの方？」

「……っ、失礼しました、口に出ていましたか？」

　伊波さんはそう言って、恥ずかしそうに笑った。

「そろそろ出ましょうか？　授業に遅刻します」

「はいっ」

　窮屈な生徒会で、伊波さんの存在だけが救いだった。

　放課後も、正道くんの目を盗んで私の仕事を手伝ってくれたりする。

　伊波さんは、とても優しい人だっ……。

「ちょっとドブネズミ」

　教室に戻っている途中、3人の女の子に道をふさがれた。これも、たまにある光景だ。編入以来、女の子たちからは疎まれに疎まれている。

　ド、ドブネズミって……。

　同じクラスの女の子たちで、その中には石田さんもいる。

　とくに私を嫌っている女の子のひとり。

　生徒会から抜けて、私を恨んでいるらしい。響くんが教えてくれた。

「な、なんでしょうか……？」

「ついてきなさい」

「え？　ど、どこに？」

　もうHRが始まっちゃうのに……！

「いいから、来いって言ったら来なさいよ！」

　私の腕をつかんで、引っ張ろうとしてくる石田さん。

　ど、どうしよっう……。

　──パシッ。

「おい、どこにって聞いてるやろ。先、質問に答えろや」

　石田さんの手が離れたと思ったら、後ろから響くんが現れた。

　その隣には、蛍くんの姿も。

「響くん、蛍くんっ……！」

　ふたりは、金曜日以外はほとんどサボっていると言っていたけど、私が編入して以来、毎日教室にいてくれていた。

　私のためなんて言ったら自意識過剰かもしれないけど、

今みたいにいつも守ってくれて、ふたりには感謝の気持ちでいっぱいだ。

「まだ逆恨みしてるの？　だっさ。ぎりぎりFSだったお前なんて、地味ノ瀬がいなくてもいつか落星してたよ」

「……っ」

蛍くんの言葉に、石田さんが顔を歪めた。

「それと、俺たちのこと気安く名前で呼ぶな」

「す、すみませんっ……」

女の子３人が、急いで走りさっていく。

「大丈夫か？　ほんま、いつまで続くんやろなこれ」

「いつまででも続くだろ……。女の執着心はえげつないんだから」

「ふたりとも、いつもありがとう……！」

お礼を言うと、「気にすんな気にすんな」と言って笑ってくれる響くん。

教室でも、相変わらず異端扱いされているけど……ふたりがいてくれる時は誰も何も言ってこないし、平和だ。

天聖さん、伊波さん、響くんと蛍くん……私は４人のおかげで、大変だけど楽しい学園生活を送っていた。

授業が終わり、放課後の生徒会の時間。

いつものように雑用を押しつけられ、ひとり残って作業をしていた。

お、終わらない……。

もう18時を過ぎて、ほかの役員さんたちはみんな帰っ

ていった。

　ひとりは寂しいけれど、陰口を言われることがないから楽だ。

　ひとりになってからのほうが、いつも仕事の効率が上がる気がする。

　ほかの人がいる時は……つねに何かしら言われているから、それだけで気が滅入ってしまうんだ。

　陰口なんて慣れているとはいえ、直接ずっと言われ続けると、さすがに耐えがたい。

　何か、生徒会の人たちに認めてもらえる方法はないかなぁ……。

　雑用をしても、認めてもらえる気配はないし……何かもっとほかの方法を考えないと。

　そう思い、はぁ……とため息をついた。

　──コン、コン、コン。

「お疲れ様です」

　ノックの音とともに聞こえた、聞きなれた声。

「あ、伊波さん……！」

　ゆっくりと扉を明けて、中に入ってきた伊波さん。

　私がひとりなことを確認して、伊波さんは歩み寄ってきてくれた。

「今日もすごい量ですね……」

　私の机に積まれた資料を見て、苦笑いしている。

「いつもすみません……」

「いえ、もう慣れました！」

　伊波さんに気を使わせないように、そう言って微笑んだ。

「手伝います」

　いつも手伝ってくれる伊波さんに申し訳なさを感じながらも、お言葉に甘えた。

「伊波さんは、寮生活なんですか？」

「はい。正道様の隣の部屋です」

　正道くんも寮生活なんだ……！

　ってことは、本当にほとんどの生徒が寮生活なんだなぁ……。

　ますます、天聖さんがひとり暮らしをしていることへの疑問が膨らんだ。

「なので、私は何時になっても構いませんから安心してください」

　そう言って、微笑んでくれる伊波さん。

　伊波さんの優しさに救われながら、作業を再開した。

　――ドンッ。

「……っ!?」

　今、何か物音がっ……！

「お、おばけっ……！」

　驚いて、椅子から立ち上がって机の下に隠れた。

　私はおばけが大の苦手。

　暗いところとおばけと虫は、私にとっての天敵だ。

　怯えている私とは違い、伊波さんは平然としている。

「野良猫でもいたんでしょうか？　ふふっ、大丈夫ですよ」

　の、野良猫……？　中から物音が聞こえたようなっ……。

「そのようなものが出るという噂はありませんから」

「は、はい……」

　返事をしたものの、怖いものは怖い。

　何かいるような気がして、怖くてそわそわしてしまう。

　そんな私を見て、伊波さんがふふっと笑う。

「おばけは苦手ですか？」

「は、はい……」

　伊波さん、楽しんでませんか……？

　いつも優しい伊波さんの、意地悪な一面を垣間見た。

「気が紛れるように、テレビでもつけますね」

　そう言って、リモコンを手に取った伊波さん。

「え？　これ、テレビだったんですか？」

　生徒会室の真ん中に、どどんと置かれている大きな画面。

「はい。いつもはモニターとして使っているんですがテレビも観られます」

　そうだったんだ……！

　テレビが流れたら、恐怖心も薄れそう。

　伊波さんが、ピッとリモコンのボタンを押してテレビをつけてくれる。

　生徒会室に音が流れ、少し安心した。

　……のも、つかの間だった。

『それでは、本日はアイドル研究家の谷川さんをお呼びして、カレンについて討論していきます』

　……ぎくり。

　そんな漫画さながらの音が、体から鳴った気がした。

　恐る恐る、テレビの画面に視線を向ける。

　画面には、「カレンは今どこに！」と大きく書かれたテロップ。

「……っ!?」

　よ、よりにもよって私の話っ……。

　どうしよう……恐怖心は薄れたけど、今度は気まずい……。

「花恋さん？」

　私が不審な動きをしていたのか、伊波さんが不思議そうにこっちを見ている。

「あ……い、いえ」

　ごまかすように、あははと苦笑いを返した。

　あ、怪しまれないようにしないと……。

　というか、もう引退して半年は経つのに、まだ取り上げられてるの……？

　キーボードを叩きながら、横目でテレビの画面を見た。

『カレンがいなくなって、アイドル業界も寂しくなりましたね……』

『今頃何をしているんでしょうね～。カレンほどの逸材は貴重ですから、戻ってきてほしいものです』

『女優業に専念すると思っていましたが、完全に芸能界から姿を消してしまうとは……』

　残念そうに話すコメンテーターさんの中には、一緒に仕事をしたことがある人もいた。

　こういうのを見たくなかったから、ずっとテレビを観な

いようにしていたんだ……。

「もう引退してずいぶん経つのに、毎日のように報道され
ていますね、カレンさんの情報は」

　伊波さんの言葉に、驚いて「えっ……」と声が漏れた。

　毎日……？

「そ、そうなんですか……」

　知ら、なかった……。

　社長にも、いまだに……たくさん迷惑かかってるんだろ
うな……。

「戻ってきていただきたいですね……」

「え……？」

　意外な言葉に、また声が漏れる。

　まるで、復帰を望んでいるような言葉……。

　伊波さんは、カレンには興味がないと思ってた……。

「そうすれば、正道様もまた、元気になってくれるかと思
いまして」

　続いた言葉に、なるほどと納得する。

　正道くんのため、だよね。びっくりした……。

「本当に、お慕いしていましたから……」

「えっ……」

　さっきから驚いてばかりだけれど、その言葉は今日一番
の衝撃発言だった。

「どうかしましたか？」

　お慕いって……恋愛感情ってこと……？

　い、いやいや、正道くんは普通に、アイドルとして応援

してくれていただけで……私のことが好きっていうのも、そういう意味じゃないと思う……。

友達のような関係だったから……。

私の反応に首をかしげている伊波さんに、「な、何も」と返事をする。

人として、慕ってくれていたってことかな……。

正道くんがどれだけ真剣に私を応援してくれていたかは、十分伝わっていたから。

『僕はカレンの笑顔を見ているだけで、幸せなんだ』

過去の正道くんのことを思い出すと、胸が痛む。

どうしてこんなことになってしまったんだろうと、思わずにはいられない。

「会長は……地味な人間が嫌いなんですか?」

正道くんが私を地味だ冴えないと蔑むのは、嫌いだから……?

正道くん自身がとても綺麗な人だから、そうではない人を毛嫌いしているのかな……?

「正道様は、人一倍努力家なんです。なので、他人へ求める基準も必然的に高くなってしまって……」

「そうなんですね……」

「NS生の方はまだましですが、LS生の人を毛嫌いしているのも、自分とは違う考えの方たちを受け入れたくないのだと思います」

違う考え方……。

響くんたちは、シリウスを取られたことでLSを敵視し

ていると言っていたけど、そういう理由もあったんだ。

「正道様はつねに久世城家の跡取りとして、上に立つもの
として、厳しい教育を受けてこられたので」

　厳しい教育……。

　きっと正道くんにも、何か事情があるんだろう。

　そう思うけど、だからって今の正道くんを、肯定してあ
げることはできない。

　私が好きだったのは……優しい正道くんだったから……。

「……なんて、どんな事情があれ、偏見はよくありません
よね」

　そう言って、悲しげな微笑みを浮かべた伊波さん。

　そういえば……伊波さんは正道くんとずっと一緒にいる
けど、考え方はずいぶん違うように思えた。

　私のことも……正道くんは邪険にするけど、伊波さんは
優しく接してくれる。

　偏見とか……そういうのがない人な気がしていた。

　生徒会の人はみんな、FSFSって、位ばかりを大事にし
ている。生徒会っていうブランドを盾に、好き勝手してい
るイメージがあった。

　でも……伊波さんは、生徒会であることを鼻にかけてい
ないし、つねに低姿勢で、私みたいな生徒にも平等に接し
てくれる。

「伊波さんは……その、生徒の階級のことはどう思ってる
んですか？」

　気になって、恐る恐る聞いてみた。

「生徒の位？　……星制度のことですか？」

　どうやら生徒の階級のことを、星制度と呼ぶらしい。

　頷いて返すと、伊波さんはうーん……と悩むように視線を下げた。

「私は……反対ではありません」

　反対ではない……ってことは、やっぱり伊波さんも肯定派だってこと……？

「制度があることで、上を目指す目標ができます。実際、FSを目指して頑張っている生徒がたくさんいますから。ただ……」

　言いかけて、一度言葉を飲み込んだ伊波さん。

　考えがまとまったのか、ゆっくりと薄い唇を開いた。

「優劣をつけるのは違います。FSだからと言って、偉いわけではありません。私たちは学生。大人に守られた環境のもと、生活しているにすぎない」

　真剣な表情で話す伊波さんの意見に、じっと耳を傾ける。

「だから、FSだから権力があるなんてことは間違った考え方です。LS生の方とも交流がありますが、LS生の中にも優秀な方はたくさんいます」

　伊波さんの考えが知れて、うれしくなった。

　そうだよね……。

　階級が権力なんて考え方は、私も間違っていると思う。

　だって、私は優しいLS生を知っている。響くんと、蛍くん。ふたりはFS生から嫌がらせを受けている私を、いつも守ってくれるんだ。

　FSだから偉いとか、LSだから悪いとか……そんなのは間違っている。

「ただ、正義が違うだけですね」

　その言葉に、同意するように深く頷いた。

「伊波さんはいい人です」

　笑顔を向けた私を見て、伊波さんが驚いたように目を見開く。

「私が……？」

「はい。生徒会の良心ですね」

　ひとりでも……伊波さんみたいな考えの人が、生徒会にいてくれてよかった。

　心からそう思ったのに、なぜか伊波さんは困ったように笑う。

「私は……そんな大それた人間ではありません」

　え……？

「ただ正道様の命令に従う、操り人形ですから」

　そう言って伊波さんは、自虐的な笑みを浮かべた。

　私はその表情が、なぜかとても寂しそうに見えたんだ。

不思議な人

【side伊波】

「終わった……」

　花恋さんが、疲れた顔をしているように見えた。

　当然だ。いつも19時すぎまで生徒会の活動をして、朝も早く登校してくれている。

　その上、役員たちからの日々エスカレートする嫌がらせ。

　普通の生徒だったら、もう生徒会をやめているだろう。

　どうして彼女がそこまで生徒会に拘るのかはわからないけれど、頑張っている人のことは純粋に応援したいと思っていた。

「お疲れ様です。帰りましょうか？」

「はいっ」

　ふたりで、生徒会室を出る。

　それにしても……。

　私は、数日前に見た光景を思い出した。

『花恋』

『天聖さん、どうしてここに……！』

　まさか花恋さんが、“あの人”と知り合いだったとは。

　いったいどういう接点が……？

『……』

　私を睨むあの瞳は、まるで……嫉妬をしているように見えた。

　ふたりで生徒会室を出て、靴箱のところまで一緒に歩く。
「花恋さん、ひとつお聞きしてもいいですか？」
「はい？」
「いつも待っているあの方とは……どういうご関係ですか？」
　気になって、花恋さんに直接聞くことにした。
「あの方って……あ、天聖さんのことですか？」
　天聖さん……。
　彼をそんなふうにファーストネームで呼ぶ女子生徒を、初めて見た。
　彼は異様なまでに人を惹きつける人間だが、他者が近づくことを許さない。
　彼に近づく度胸のある女性はいないため、みんな親しくしたいと思いながら、踏み込めないでいる。
「天聖さんはお友達です！　すごく優しくて、親切にしてくれます！」
　優しい？　親切……？
　あの、何もかもに無関心な人が……？
　私と彼は中等部からこの学園にいるけれど、あの人が女性といる姿なんて初めてみた。
　まさか……恋人？　いや、そんな間柄ではなさそうだった。まさかあの人と、花恋さんが恋人同士とは……考えにくいだろう。
　決して侮辱しているわけでも、花恋さんが釣り合っていないと言いたいわけでもない。

　周りの人間は皆、口を揃えて花恋さんのことを地味だと言うけれど、私はそうは思わない。

　表情豊かで、明るく、正道様や生徒会の役員たちにどれだけ疎まれてもへこたれない精神力の強さ。

　その上、花恋さんは聡明な方だから、あの人が人柄に惹かれるのも納得できる。

　それに……時折、彼女が"カレン"に重なる時がある。

　気のせいだとはわかってはいても、仕草や笑い方、雰囲気……もしかしたらカレン本人なのではないかと、思ってしまう時が多々あった。

　なんて、あり得ないこともわかってる。

　だってもし彼女が本当にカレンなら……私は今すぐ彼女の手を取って、ここから彼女を連れだすだろう。

　正道様がいる手前、口に出したことはなかったけれど、私はあの人のことが……。

　いや、今はそんなことは、どうでもいい。話はそれたけれど、花恋さんはとてもいい人だ。彼が彼女に惹かれることがあっても、おかしくはない。

　ただ……。

　いろいろと、辻褄の合わないことが多すぎる。

　まず、もしあの人が花恋さんを可愛がっているのだとしたら、どうして生徒会は"無事で済んでいるのか"ということだ。

　あの人が、花恋さんが生徒会でどんな扱いを受けているのか、知っているのだとしたら……すぐに生徒会に乗り込

んでくるはずだ。

　もしかして、花恋さんは彼に言っていないのか……？　自分が、嫌がらせに遭っていること……。

　そうなのだとしたら、ますます心が痛む。

　彼女はとても優しく、正義感のある人なんだろうと改めて思った。

　同時に、あの人がもし本当に花恋さんに惹かれているとして、今の花恋さんの状況を知ったら……。

　──生徒会は、ただでは済まないだろうと悟った。

　「それじゃあ、また明日、伊波さん」

「はい。ゆっくり休んでくださいね」

「伊波さんのほうこそ！」

　自分のほうが疲れているだろうに、私のことまで気遣ってくれる花恋さん。

　その優しさに、笑みを返した。

　私にもっと力があれば……彼女への嫌がらせを、やめさせることができるのに。

　走っていく背中を見て、そう思った。

　自分の無力さに、ため息がこぼれた。

　考えていても仕方ない……私はしょせん、正道様の犬。

　将来も正道様に仕えることが決まっているんだ。

　何もできず、本当にすみません、花恋さん……。

　──ガサッ。

　ん……？

　背後から、物音が聞こえた。

　誰だ……？

　振り返って確認しても、誰もいない。

　そういえば、さっきも生徒会で、誰かの視線を感じたような……。

　いや、こんな時間まで生徒がいるとは思えない。

　きっと野良猫でもいるんだろう。

　そう思って、私は自分の寮へと帰った。

嵐の前の静けさ

　伊波さんと別れて、天聖さんとの待ち合わせ場所に急ぐ。

　今日も……疲れた……。

　最近は20時までには生徒会が終わって、帰ってご飯を食べて宿題をして……眠る頃には、24時をすぎている。

　朝も早いから、睡眠時間が確保できなくて、寝不足が続いていた。

　アイドル活動の時に培われた体力があるから、スタミナ切れということはないけど……日々エスカレートする嫌がらせが重なり、疲労が溜まっている。

　自分が決めた道なんだから、弱ってないで頑張ろう！

　そう言い聞かせて、毎日なんとか乗り切っていた。

　待ち合わせ場所に着くと、壁にもたれて目を閉じている天聖さんの姿を見つけた。

「天聖さん、お待たせしましたっ……」

　私の声に、ぱちっと目を開けた天聖さん。

　こっちを見て、「ああ」と返事をしてくれた。

　……ん？　どうしたんだろう……？

　なぜか私の顔を、まじまじと見つめてくる天聖さん。

「お前、疲れた顔してるぞ」

　えっ……。

「……生徒会の仕事、大変なのか？」

「まだ慣れていなくて、覚えることが多いだけです……！

すぐに慣れます！」

　自分に言い聞かせるように、疲れている理由を捏造_{ねつぞう}する。

　天聖さんに……あんまり心配をかけたくない。

　心配してくれているのが、わかるからこそ……。

「……そうか」

　少し間をおいてから返事をした天聖さんは、もう一度質問を投げてきた。

「学校は楽しいか？」

　その言葉に、びくりと肩が跳ねる。

　もしかすると……それは今一番、聞かれたくない質問だったかもしれない。

「はいっ……！」

　できるだけ満面の笑みで、そう答えた。

「そうか」

　……ごめんなさい、天聖さん。

　嘘をついてしまった。

　私は今……心から、学園生活を楽しめていない。

　響くんや蛍くん、伊波さんと話している時や、こうして天聖さんと登下校している時はとても楽しい。

　でも……高校生活に対しての憧れが強すぎて、思い描いていたものとは180度違う学園生活に、とまどっていた。

　……弱気になってちゃダメだよね。

　編入したことを後悔したくはないから、楽しくなるように、頑張らなきゃ。

　生徒会のみんなに認めてもらって、クラスのみんなと

も……仲良くなりたい。

　頑張れば、きっと……。

「今日はもう帰って寝ろ。今度の日曜に、肉食いに行くか」

　天聖さんの言葉に、ぱあっと表情が明るくなった。

「行きたいです……！」

　お肉……！

　きっとだらしない顔をしているだろう私を見て、天聖さんが笑う。

　ふふっ、次の日曜日、待ち遠しいなぁ……。

　これを楽しみに、残りの１週間頑張れる！

　お肉で元気になれる私は、まだまだ大丈夫だ……！

　落ち込んでなんて、いられない……。

　そう、自分に言いきかせた。

　翌日。

　今日の朝の生徒会も、激務だった……。

　仕事をこなせばこなすほど、仕事量が増えている気がする……。

　舌打ち先輩の舌打ちも増えていくし、陸くんから押しつけられる仕事も、心なしか時間のかかるものが多くなっている気がしていた。

　私に仕事を押しつけて、ほかの役員さんはティータイムをとっていたりするし……わ、私もおいしい焼き菓子食べたいっ……。

　授業が始まり、いつものように真面目に取り組む。

　今まではほとんど通信で勉強をしていたから、先生の授業はすごく面白くて、授業中はとても有意義な時間に感じられた。

　「最後に、テストの解答用紙を返します」

　授業終わりに、この前行った英語の抜き打ちテストが返ってきた。

「一ノ瀬花恋さん」

　名前を呼ばれ、解答用紙を取りにいくと、先生が私を見てうれしそうに微笑んだ。

「満点はあなただけでした。次も頑張ってください」

　満点……よかった。

「ありがとうございます！」

　頭を下げて先生にお礼を言う。教室が、少しざわついたような気がした。

「あいつ、抜き打ちテストも満点かよ……」

「もしかしたら次の学年１位、あいつになるんじゃ……」

「り、陸様が負けるわけないじゃん……！」

　解答用紙を持って席に着くと、響くんがほめてくれた。

「花恋はほんますごいな〜！　天才や！」

　わしゃわしゃと頭を撫でられ、えへへと笑う。

　響くんはいつも私をほめてくれた。

　まるで、優しいお兄ちゃんができた気分。

「お、陸は95か」

　ひ、響くん、勝手に……！

　響くんが陸くんの解答用紙を盗み見して、声に出した。

　陸くんはあからさまに肩を震わせ、急いで解答用紙を伏せた。

「……勝手に見ないでくれる?」

　お、怒ってるよ……。

「蛍は?って、お前も一緒か」

　蛍くんは慣れているのか、響くんにテストを奪われても無反応。

「こんなテストで満点って、ほんま賢いなぁ」

　そう言って、もう一度頭を撫でてきた響くんは、自分の解答用紙を見てため息をついた。

「あー、次の中間やばいかもしれへん……俺60やったし、ぜんっぜんわからん……」

　響くんはいつも授業中は寝ているから、要点を聞きのがしてしまったのかもしれない。

「私でよかったら、いつでも教えるよ」

　そう言うと、響くんの目がぱあああっと輝いた。

「ほんまに……?　花恋〜!　お前はええ子やなぁ〜!!蛍は薄情やからいつも教えてくれへんねん……!」

「わっ……!　ひ、響くん……!」

　ぎゅうっと抱きつかれ、びっくりする。

　く、苦しいっ……。

「……ん?　お前、ほっそいな……腰うっす」

　響くんはそんなことを言いながら、私のお腹あたりに手を添えた。

　くすぐったくて、「ひゃっ」と声が漏れる。

ど、どこ触ってっ……。

恥ずかしくてぼぼっと顔が熱くなった時、蛍くんが響くんを私から引きはがした。

「おい、セクハラだろ」

解放され、ほっと胸を撫でおろす。

びっくりした……。

「別にハグくらいええやん」

ハ、ハグはいいけど、お腹を触るのはちょっと……あはは……。

「いくら相手が地味ノ瀬だからって、いちおう女だぞ」

蛍くんが注意してくれているけど、言葉が気になった。

い、いちおう……。

「人間扱いしてあげるだけましでしょ。生徒会ではドブネズミだよ」

……っ。

ずっと黙っていた陸くんが、吐きすてるように言った。

陸くんは私とは口を聞いてくれないから、響くんに言ったんだろう。

「……あ？」

響くんが、表情を一変させる。

怒っている目で、陸くんを睨みつけた。

どうしよう……不穏な空気になっちゃった……。

ひとりおろおろしていると、先に口を開いたのは意外にも蛍くんだった。

「そのドブネズミに負けてるお前はゴミかなんか？」

　煽るような蛍くんの言葉に、今度は陸くんの顔つきが変わる。

「……。頭だけ良くてもね」

　顔は笑っているのに、目は笑っていない陸くん。

「FSは憧れの象徴なんだよ。成績は基本として、見目も麗しくないと」

　そう言って、不敵な笑みを浮かべた。

「見た目がこんな地味じゃ、ふさわしくない。花恋には生徒会より、LSと同じく学園の看板に泥を塗る活動のほうが似合ってる」

　泥を塗る活動って……。

　私のことはともかく、LSの人を出すのは違うんじゃないかな……。

　私からしたら、小学生のいじめのようなことをしているFSの人たちのほうが、よっぽど悪で、学園にとっての"泥"だと思う。

「お前……」

「……響、挑発されるな」

　今にも怒りだしそうな響くんを、蛍くんが止めた。

「こんなバカ、まともに相手にしなくていい」

　蛍くんは少しも表情を変えず、煽り返している。

　というか……蛍くんが取りみだしているところなんて、見たことないような……。

「俺よりバカなお前が言うの？」

　陸くんの言葉に、蛍くんが一瞬……口角をあげたような

気がした。

「……陸。お前、わかってるだろ？」

「は？」

「俺が本気を出せば、お前なんかすぐ抜けるよ」

　　……どういう、意味だろう……？

　私はわからなかったけど、陸くんは理解したのか、図星を突かれたような反応をした。

　けれどすぐに、いつもの何を考えているかわからない笑顔に戻った陸くん。

「……出せない本気なんて、意味ないでしょ？　口ではどうとでも言える。ていうか、ただの負け惜しみにしか聞こえない」

「……そうか。そのくらいは理解してると思ってたけど、正真正銘の馬鹿みたいだな」

　ふっと、蛍くんは鼻で笑った。

「次の中間試験、頑張って。……まあ、どうあがいてもお前は３位になるだろうけどね」

「……っ」

　３位……。

　陸くんは、今の首席なんだよね？

「それでは、今日の授業はここまで。起立」

　先生の言葉に、慌てて立ち上がって礼をする。

「響、花恋、おいで。行くよ」

　休み時間が始まった途端、そう言った蛍くん。

「え？　どこに……？」

　首をかしげると、蛍くんは私の手をとって歩きだした。

「飲み物買いに。響の奢りで」

「なんで俺!?」

「一番点数低かったから」

「なんやねんそれ……あー、はいはい」

　よくわからないけど、響くんが飲み物を奢ってくれるみたいだ。

　なんだかこういうの、青春っぽいなぁと呑気に思いながら、私はふたりと教室を出た。

　これが……嵐の前の静けさだとも知らずに──。

目障りな存在

【side陸】

　花恋への嫌がらせは継続しているが、いっこうに生徒会から出ていこうとしない。

　それどころか、あいつは響や蛍を味方につけ、教室では楽しそうに過ごしている。

　俺にはそれが──目障りで仕方がなかった。

「次の中間試験、頑張って。……まあ、どうあがいてもお前は３位になるだろうけどね」

　蛍の言葉に、俺はぐっと歯を食いしばった。

　俺はバカでうるさい響より、蛍のほうが何倍もいけ好かない。

　こいつは俺より自分のほうが上だと思っている。それが昔から、我慢ならなかった。

　LSごときが、何を言ってるんだ……。

　現に、今の１年のトップは俺だ。

　生徒会だって、会長の正道さん、副会長の伊波さんの次に偉い立場にいる。

　暴走族なんかに入って、不良ごっこをしている蛍なんかとは比べ物にならないほど、上の位の人間だ。

　なんなら……LS生が俺とこうして会話できていることを、感謝してほしいくらいだ。

　３人が教室から出ていっても、俺の苛立ちは収まらなかった。

　むしろ、クラスメイトたちから哀れみの目を向けられている気がして、不快極まりない。

　あの女……。

　ただ、一番腹が立つのは、本当に１位の座を奪われるのではないかと自分自身が怯えていること。

　さっきの英語のテストだって……満点を取れるなんてわけがわからない。

　俺の95でさえ、絶賛されていい点数だ。

　クラスメイトから、俺が負けるのではないかと思われているのがひしひしと伝わってくる。

　うざい……どいつもこいつも、俺を見るな。

　この空気に耐えきれず、俺は席を立った。

　ひとりになりたくて、非常階段のほうへと向かう。

　俺は誰よりも努力して、今の座を手に入れたんだ。

　それを、あんな地味女に……奪われてたまるか。

　一刻も早く……あの女を、生徒会から追いださなければいけない。

　いや——学園から、追い出してやる。

　嫌がらせをして、痛めつけて……自主退学に追い込む。

　生徒会での嫌がらせも、相当きつい仕事を回しているはずなのに、あいつは簡単にこなしてしまう。

　普通は４、５時間はかかる仕事でも、さらっと終わらせてしまうから、それにも苛立って仕方がない。

　足を引っかけたり、踏んづけてやったりしている生徒も
いるが、さすがに暴力という強硬手段にでるわけにはいか
ないだろう。

　そんな不良のような行為は、俺にはふさわしくない。

　これ以上の嫌がらせとなると、何が残っている？

　あいつの個人情報を調べて……家族を使って脅す、と
か……。

　非常階段の前まで来た時、女の声が聞こえた。

「ねぇ、体育の授業さ……」

　……先客か……ちっ。

　そう思い、引き返そうとした時。

「響様と蛍様がいないタイミングを狙うってこと？」

　……なんだって？

「見つかったらひどい目に遭うよ……」

「でも、このままでいいわけ？　あたしは許せないのよ、
あの女が生徒会にいることが……ッ」

　どうやら、こいつらが話しているのは花恋のことらしい。

「じゃあ、次の体育の授業中に決行ね……」

　面白いことになりそう……。

　俺は女たちの会話を盗み聞きしながら、ひとり口角を上
げた。

5 th STAR

命令は降る

助けを求めて

　今日の体育の授業は、男の子は体育館、女子は運動場でマラソンだった。

「それじゃあ、ストレッチをするからふたり１組でペアを組んでー」

「えー、誰があいつと組むの？」

「無理無理。あたしは嫌〜」

「あたしも〜。汚れるじゃん」

　体育の時は響くんと蛍くんがいないから、女の子たちからずっと悪口を言われている。

　ふたりはいないけど……平気。ずっと守ってもらうわけにはいかないんだから、私も強くならなきゃ。

「あら、一ノ瀬さんは余ったのね。先生と一緒にしましょうか」

「は、はい！」

　精一杯、気にしないように過ごしていた。

　マラソンが始まり、広い運動場の周りを走る。

　よし、あと１周だ……。

　そう思った時、突然横から現れた影。

「きゃっ……！」

　まるで私を待ちぶせしていたように女の子たちが現れ、私の腕をつかんできた。

「来なさい！」

　ま、まずいっ……。

　先生から一番遠くの、それも木々が生えていて目につかないような場所。

　そこで捕まり、さらに奥へと連れていかれる。

　響くんと蛍くんがいない体育の授業中を狙うだなんて……。

「は、離して……！」

　どこに連れていくつもりなんだろう……っ。

　必死に抵抗したけれど、女の子の力が強くて振りはらえない。

　また石田さんたち……どうしよう、叫んでも誰にも聞こえないような場所だっ……。

「い、痛いっ」

「うるさいわね！　いいからこっちに……」

　……？

　急に、女の子たちが足を止めた。

　どうしたんだろう……？

　不思議に思い女の子たちの前を見ると、そこにいたのは……。

「陸くん……」

　どうしてここにいるの……？

　女の子たちも陸くんがこんな場所にいたのは予想外だったのか、とまどっている。

「り、陸様……これは、その……」

　陸くんに、助けを求めてみる……？

　でも……陸くんは、私のことを嫌っているし……。

　そう思ったけど、今は藁にもすがりたい状況。

「り、陸くん、助けて……！」

　私は思いきって、陸くんに助けを求めた。

「……何してるの？」

　陸くんが、女の子たちに低い声で問いかける。

　もしかして……助けてくれるの……？

　そう、期待したのがバカだった。

　陸くんの表情が、ゆっくりと変わる。

　口角を上げ、不敵な笑みを浮かべた陸くん。

「ご苦労様。物分かりの悪いドブネズミに、痛い目見せて
やってね」

　そう言って、陸くんは運動場のほうへと行ってしまった。

暗闇の中

「ご苦労様。物分かりの悪いドブネズミに、痛い目見せて
やってね」

　陸くん……。

　去っていった陸くんの背中を見つめながら、胸が苦しく
なった。

「ふふっ、かわいそうね〜」

「陸様に嫌われたら、生徒会じゃ生きていけないでしょ？」

　陸くんに見捨てられた私を見て、女の子たちが哀れんで
いる。

　自分でも、今の状況はみじめだと思う……陸くんが助け
てくれるわけなんてないのに、期待してしまった。

『初めまして。キミ、生徒会に入るんだね』

『少し特殊な高校だと思うし、困ったことがあればなんで
も言ってね』

　初日のあの……優しい陸くんがまだ、私の中にいたから。

　そういえば、クラスで最初に声をかけてくれたのは陸く
んだったなぁ……。

　すごく、うれしかった……。

「あんたが落星してあたしが生徒会に戻るのも時間の問題
でしょうけど、それだけじゃ気が済まないのよ」

　石田さんが、そう言って邪悪な笑みを浮かべた。

「あんたには、この学園から去ってもらうから」

　　学園から……？

「そんな……」

「もともとあと入りの異物なのよ、あんたなんて。この学園にあんたみたいなドブネズミはいらないのよ！」

「……」

　納得したわけではなかったけど、彼女の言いたいことはわかった。

　確かに……私が来たことで、きっといろんな人の学園生活を変えてしまったのかもしれない。

　石田さんも、クラスのみんなも、生徒会のみんなも……。

　私がいないほうがいいって人は、この学園にたくさんいるんだろうな……。

　むしろ、そう思ってる人のほうが多いと思う。

　歓迎されていないのは、私が一番わかっている。

　改めてその現実に、悲しくなった。

　私はただ、平穏な学園生活を送りたいだけだった。

　友達を作って、みんなで仲良く……なんて、夢を見すぎたのかな。

「来なさい！」

　石田さんたちに腕を掴まれ、連れてこられたのは山小屋のような場所だった。

　この学園に、こんな質素な建物があったんだ……。

　ぼうっと、そんなことを思う。

「ほら、ここで頭冷やしてなさい！」

　え……？

　石田さんたちはその小さな小屋の扉を開けて、私を押し
とばした。

「きゃっ……」

　勢いよく中に入れられ、転んでしまう。

　痛い……。

「ここなら、さすがに誰も助けも来ないでしょ」

　ゆっくりと、閉まる扉。

　う、嘘……。

「ま、待って……！ やめて！ 私、暗いところはダメで……」

　私をここに閉じ込めるつもりだとわかり、石田さんたち
に懇願する。

　こんな小さくて狭くて、暗い場所で……。

　扉が閉まることを想像しただけで、体が震えた。

「お願い……し、閉めないで……」

　息が詰まり、声も震えている。

　私、本当に無理なの……暗いところだけはっ……。

「へ～、暗いところダメなの？ ははっ」

「だったらなおさら助けるわけないでしょ」

「いいざま。このまま餓死でもしちゃいなさいよ」

　女の子たちはみんな、面白がっているのか「きゃははっ」
と笑っている。

　い、嫌だっ……。

　──ガシャン。

　扉が完全に閉まって、暗闇に包まれる。

「あ、開けて……お願いっ……」

　体の震えが止まらなくなって、自分の手で自分の体を抱きしめた。

「じゃーね」

「バイバーイ」

　去っていってしまう石田さんたちの足音だけが、無情にも聞こえる。

「どう、しよう……」

　トラウマがフラッシュバックして、私はきつく目をつむり自分の耳をふさいだ。

『あんた、社長に気に入られてるからって調子乗りすぎ』

『代わりにあたしたちが出てあげるから、休んでなさいよ』

『ここ出るらしいから、気をつけてね〜』

　やめて、助けて……。

　お願いだから、誰か来てっ……。

　恐怖に包まれながら、必死に抜けだす方法を探す。

　あっ……そうだ、スマホ……！

　彼女たちも、そこは盲点だったと思う。きっと体育の授業中だから、スマホを持ち歩いていないと思ったんだろう。

　でも、スマホは盗まれたらまずいから、私は肌身離さず持ち歩いていた。

　持っててよかったっ……。

　急いでポケットから取り出し、震える手で連絡先を開く。

　響くんと蛍くんは……体育の授業中だから、きっと出れないっ……。

　あとは……。

　ふたり以外に生徒で連絡先に入っていたのは、ひとりしかいなかった。

　天聖さん……。でも、天聖さんもきっと授業中だ……。

　迷惑はかけたくないけど……どうか、今だけは許して……っ。

　よく見ると、スマホの充電が5％を切っていた。

　こんな時にっ……。天聖さん、出てくれるかな……。

　祈るような気持ちで、通話をかけた。

　──プルプルプル、プルプル、プツッ。

　え……？

『どうした？』

　すぐに繋がった通話。聞こえた天聖さんの声に、ほっとして涙が出た。

「てんせい、さん……っ」

　震える声で、なんとか名前を呼ぶ。

『花恋？　……今どこにいる？』

　天聖さんはすぐに事態を察知してくれたのか、声色が変わった。

「わから、なくって……暗くて、あの……」

『特徴は？　近くにあるものとか、なんでもいい。何かわかるか？』

　近くに……何も、見えないっ……。

「あの、倉庫みたいな……閉じ込められて、人が寄りつかない、って……っ」

　何か言わなきゃ、伝わらないのに……。

「天、せ……さんっ……」

　もう、頭が全然回らなくて、声もうまく出せないっ……。

　体の震えが……止まらない……。

　怖、いっ……。

『大丈夫だ。すぐに行く』

　私の恐怖心を拭うように、そう言ってくれた天聖さん。

　少しだけ、息を吸うのが楽になった。

『通話繋いだままにしてろ』

「電池、が……っ……」

『俺の声が聞こえたら叫んでくれ。すぐに──』

　──ブツッ。

　そんな音を立てて、通話が途切れてしまった。

　同時に、スマホの画面も真っ暗になる。

　電池、切れちゃった……。

　どうしよう……このまま、誰にも見つからずに、時間が過ぎたら……。

　嫌な方向にばかり考えてしまって、呼吸が苦しくなる。

　なんとか這いつくばるようにして扉のほうに近づく。

　あ、かない……。

　わかってはいたけど、外から鍵をかけられていた。

　たまに物音が聞こえるたび、びくっと反応してしまう。

　すべてが怖くて、私は自分の体を抱え込むようにして座り込んだ。

　耳を押さえながら、ただただ涙を流すことしかできない。

「はぁ……はっ」

　息も苦しくなってきて、必死に呼吸をする。

　もう、ダメかもしれない……誰か……。

「──花恋!!!」

　え……?

　今……天聖さんの、声が……。

　恐る恐る、耳をふさいでいた手を離す。

「花恋!!　どこだ!!」

　てんせい、さんっ……。

『俺の声が聞こえたら叫んでくれ。すぐに──』

　叫ばなきゃ……ここにいるって……言わ、なきゃ……。

　そう思うのに、声がうまく出なかった。

「てんせい、さん……っ」

　結局、そんな消えいりそうな返事しかできなかった。

　こんな声じゃ……見つけてもらえない……っ。

　そう思ったのに、足音が近づいてくる。

「……っ、大丈夫か……!?」

　扉の先から、はっきりと天聖さんの声がした。

「……っ」

　どうして……わかったの……?

　私、こんな返事しか、できなかったのにっ……。

　ガシャン!!と、大きな音が響いた。

　鍵を壊した音だったのか、扉が開く。

　開いた先にいたのは……見たこともないほど焦った顔を

した、天聖さん。

　私は暗闇から解きはなたれて、安心して涙が止まらなく

なった。

　天聖さんが、私と視線を合わせるようにしゃがんでくれる。

「もう平気だ。怖かったな」

　そう言って、私の体を抱きしめてくれた。

　天聖さんの体が温かくて、安心する。

　聞こえた鼓動のリズムが速くて、走ってきてくれたんだとわかった。

「天聖さん……てんせ、さん……っ」

　私はすがりつくように天聖さんの体に抱きついた。

　天聖さんが来てくれなかったらと思うと、ゾッとする。

「遅くなって悪かった。もう安心しろ」

　触れる手も、そう告げる声も優しくて……乱れた心が落ちついていった。

　天聖さんは私が泣きやむまで、ずっと抱きしめていてくれた。

切ない横顔

　涙が止まって、目をごしごしとこする。

「すみません、天聖さん……」

「……おい」

　パシッと、手をつかまれた。

「こするな。腫れるだろ」

　心配してくれているのか、じっと顔を覗き込んでくる天聖さん。

　至近距離で見つめられ、一瞬どきっとしてしまった。

「は、はい！　……というか、ずっとこのままで、すみませんっ……」

　強く天聖さんに抱きついていたから、慌てて離れ距離をとった。

　我に返ると、さっきまでの自分の行動が恥ずかしくなるっ……。

　わんわん泣きわめいて、しがみついて……め、迷惑をかけてしまったっ……。

「ごめんなさい天聖さん、授業中に呼びだして……」

　申し訳なくて、視線が下がる。

「気にするな。授業なんか受けてない」

「えっ……」

　突然のカミングアウトに、驚いて顔を上げる。

　そ、それはそれで気にしてしまうっ……。授業に出てな

いって、大丈夫なのかな……？

でも、響くんたちも普段はサボってるって言ってたし、星ノ望学園はあまり出席日数は関係ないのかな……？

進学校なのに……？　ダメだ、また謎が増えたっ……。

「花恋」

天聖さんが、改まって私の名前を呼ぶ。

「何があった？」

「……」

そう、だよね……。

こんなよくわからない場所に閉じ込められていたんだ。事情を聞かれるに決まってる。

「その……」

なんて言おう……。

でも、意図的に閉じ込められたことは、言いたくない……。

助けてもらった以上、ちゃんと話さなきゃいけないけど……でも、天聖さんに告げ口するみたいで嫌だった。

私は、ちゃんと彼女たちと話しあいたい。

私が１－Ａにいること……生徒会になったこと、認めてほしいから。

守ってもらってばかりは、嫌だ……。

「ま、間違えて、鍵を閉めてしまって……」

「……」

私の言葉に、天聖さんはあからさまに顔をしかめた。

完全に嘘を見抜いている顔で、私を見てくる天聖さん。

　やっぱり、ダメかな……。

「……わかった。言いたくないなら今は聞かない」

　え……？

　しかめっ面のままだけど、納得してくれた天聖さん。

　追及されなかったことに、安心した。

「けどな、心配だから抱え込むな」

　天聖さん……。

「何かあれば頼ってくれ」

　天聖さんの言葉には、いつも嘘がないなと思った。

　言葉と表情がいつも一致しているから、天聖さんの言葉
は信じられるんだろうな。

　今も……本当にただ心配してくれているのが、視線と言
葉から伝わってきた。

「わかったか？」

「はいっ……」

　いつか解決したら……ちゃんと話そう。

　嘘をついてごめんなさいって言いたい。

　そして……ありがとうって、その何倍も伝えたい。

　本当に、天聖さんが助けてくれてよかった……。

　過呼吸に近い状態になっていたから、あのまま閉じ込め
られていたら、大変なことになっていたかもしれない。

「助けてくれて、ありがとうございます」

　心の底から、感謝の気持ちを伝える。

「一番に天聖さんに電話して、よかったです」

　私の言葉に、なぜか天聖さんは一瞬驚いたように目を見

開いた。

「……そうか」

　あれ……？

　今一瞬、照れたように見えたような……？

　気のせいかな……？

「今の時間、体育か？」

　頷くと、天聖さんは「保健室行くか？」と心配そうに聞いてくる。

「いえ、平気です！　授業に戻ります！」

「そうか……途中まで送る」

　私は天聖さんの言葉に甘えて、近くまで送ってもらった。

　戻ってきた私を見て、石田さんたちは驚いていた。

「ちっ……戻ってきてんじゃないわよ」

「誰が助けたわけ？」

「ほんと、しつこい女……」

　文句は言われたけど、気にしない。

　これからは体育の時も、ひとりにならないように注意しなきゃ……。

　これ以上、天聖さんの手を煩わせたくない。

　ひとりで戦えるようになろう……！

　そう意気込んで、私はパチパチと両頬を叩いた。

　お昼休みになり、いつものように響くんたちと食堂に向かう。

　今日もオムライスの大盛りを食べて、お腹が満たされた。

「ごちそうさまでした」

　お皿を返却台に持っていくと、響くんが私を見て申し訳なさそうに言った。

「悪い、花恋。午後はサボるわ」

　そうなんだ……！

　響くんに続いて、蛍くんも「俺も」と呟いた。

「うん、わかった！」

　きっと心配して、わざわざ言ってくれたんだろう。

　私の許可を取る必要なんてないよと、笑顔を向けた。

「ごめんな」

「ううん！　謝らないで……！　むしろ、いつも守ってくれて感謝してもしきれないくらい」

　そう言うと、響くんが頭をわしゃわしゃと撫でてくる。

「花恋はええ子やな～」

　いい子なんかじゃないよ……いい人なのはふたりのほうでっ……。

「実はな、長王院さんが溜まり場に来るらしいねん……！だから俺らも今から向かおうと思って」

　長王院さん……？

「確か……シリウスの人だっけ……？」

　一度だけ、話を聞いたことがある。

「そう！　LOSTの総長やのに、めったに顔出さへんねん！でも今から来るって連絡入ったらしいから、俺らも溜まり場に待機しとくわ」

　なるほど、その人が来るから行かなきゃいけないんだ。
「別に行く必要はないけど、こいつは長王院さん信者だから会いたいんだよ」
「はあ？　お前もやろ！」
　どうやら強制ではなく、自主的に集まっているそう。
　そこまで慕われているなんて、その長王院さんって人は本当にすごい人なんだ……！
　ふたりが言うなら、きっとすごく強くて、正義感のある優しい人なんだろう。
「なんかあったら連絡しいや」
「うん！」
　ふたりに手を振って、バイバイする。
　あ……そういえば、スマホの充電がなかったんだ。
　確か、生徒会室のロッカーに携帯充電器を入れていたはず……。
　取りにいこうと、教室ではなく生徒会室に向かった。

　生徒会室のロッカーには鍵がついているから、物を盗られる心配がない。
　だから、基本的には生徒会室のロッカーを使うようにしていた。
　誰もいなかったらいいな……。
　そう願って、生徒会室の扉を開ける。
　あ……いなさそうっ……！
　人気がなく、そう安心したのもつかの間だった。

　……っ！　正道くん……？

　扉のほうに背を向けて、ぼうっと窓の外を見ていた正道くんの姿を見つけてしまった。

　すでに足を踏みいれてしまって、扉がパタリと閉まる。

　音楽を聴いているのか、正道くんは私が入ってきたことに気づいていなかった。

　は、早く出よう……！

　ゆっくりとあとずさりし、扉を開ける。

「カレン……」

　ぼそっと、正道くんが呟いたのが聞こえた。

　え……？

　今、カレンって……。

　もしかして、私の曲を聴いてる……？

　──バタン！

　驚いて手が扉から離れてしまい、勢いよく扉が閉まった。

　さすがに正道くんにも聞こえてしまったのか、驚いた様子で振り返った。

　ああ……やってしまった……。

「誰だ……！　……っ、お前……」

　私を見て、眉間にしわを寄せた正道くん。

　その顔は完全に怒っていて、謝るほかなかった。

「す、すみません……！　会長がいたことに気づかなくって……」

「ちっ……お前が生徒会室に足を踏みいれること自体が問題だ」

　相変わらず、暴君だっ……。

　というか、私にだけ当たりが強すぎる……。

「今の……カレンは、お前のことではない」

　私に聞こえていたことがわかったのか、そう言ってきた正道くん。

「いいか、忘れろ」

「……」

　違う。

　正道くん、私だよ。

　どうして、名前を呼んでいたの？

　あんな、悲しそうな顔で……。

「アイドルの……カレンですか……？」

　私も素直に部屋を出ていけばよかったのに、つい余計なことを聞いてしまった。

　あんな悲しそうな顔をしている正道くんを見るのは初めてで、放っておけなかった。

「……っ」

　正道くんの表情が、歪む。

「お前、誰から聞いた？」

「え？」

「俺がカレンのファンであることだ」

　あ……そっか……。

　「カレン」という名前だけで、私がすべてを知ったように話したのが引っかかったらしい。

「い、いえ、カレンって言えば、あのカレンかなって思っ

ただけで……」

　言い訳が無理やりすぎたかなと思ったけど、どうやら納得してくれたらしい。

「ボロ雑巾に余計なことを喋ってしまったか……」

　正道くんはいつものように「ちっ」と舌打ちをして、視線をそらした。

「今の会話も含めて忘れろ」

「……恥ずかしいから、ですか？」

　あっ……。

　うっかりまたそんなことを聞いてしまって、慌てて自分の口を押さえる。

　後悔しても、時すでに遅し。

　正道くんの顔が……怒りに満ち溢れていた。

　ど、どうしよう、また怒られる……！

「カレンが恥なわけがないだろ！」

　え……？

　正道くんの言葉に、目が点になる。

　お、怒るところ、そこなんだ……。

　否定してくれたことは、素直にうれしかった。

　ただ……。

「お前ごときが、カレンの名を口にするな!!」

　正道くんはそう言って、椅子を蹴りとばした。

「きゃっ……！」

　驚いて、声を上げてしまう。

　もしかしたら……私は逆鱗に触れてしまったのかもしれ

ない。

　怒りを通りこし、無表情の正道くんに血の気がさーっと
引く。

「お前を見ていると虫酸が走る……もしカレンを意識して
いるのなら、今すぐにお前をこの学園から追いだしてやり
たい」

「カレンを、意識……？」

　正道くんが、何に怒っているのかわからない。

「その声、喋り方……お前のすべてが俺をイラつかせ
る……!!」

「……っ」

　どうして、そんなこと言うの……？

　正道くんは……。

『カレンは可愛い。だが、僕は顔だけではなく……声も、
話し方も、全部が好きなんだ！』

　いつだって、そう言ってくれたのに……。

「今すぐ俺の前から消えろ!!」

　正道くんの叫びに、びくりと肩が震えた。

　早く出ていこう。これ以上ここにいても、ますます逆上
させてしまうだけだ。

　何を怒っているのかわからない以上は……離れたほうが
いい。

　出ていこうと、ドアノブに手をかける。

「……それと、ひとつ忠告だ」

「え？」

「お前は何度言ってもわからないみたいだからな。これが最後の忠告だと思え」

　冷めた表情で私を見つめる正道くん。

　そこにいるのは、私が知っている、大好きな正道くんではなかった。

「放課後までにその長い前髪をどうにかしろ。いいか、放課後までだぞ」

　放課後までって……そんな……。

　言いつけられた無理難題に、眉の端が下がる。

「それは……」

「口答えは許さない。……早く消えろ」

「……」

　きっと今……私が何を言っても、正道くんには届かないんだろうな……。

　私が好きな正道くんは、いったいどこへ行ってしまったんだろう。

　悲しくて、逃げるように生徒会室を出た。

　教室まで歩きながら、伊波さんの言葉を思い出す。

『彼女が引退してから、正道様はひどく落ち込んで、ますます冷たい方になられてしまったんです……』

　正道くんがああなってしまったのは……全部、私のせい……？

『カレンさんに会えなくなって、生きる意味を見失ってしまったみたいに……変わってしまったんです』

「……」

『カレン……』

　本当に、悲しそうな……寂しそうな表情だった。

　今にも消えそうなほど、儚い姿だった。

　もしあんな顔をさせているのが私だとしたら……私は正道くんに、何かしてあげられないのかな。

　私が好きだった正道くんに……戻ってくれない、かな……。

　でも、もう私が知っている正道くんが本当の正道くんだったかも、わからない。

　どうするべきかわからず、途方に暮れる思いだった。

獅子の目覚め

【side天聖】

さっきから、苛立って仕方ない。

こんなふうに、誰かを消してやりたいと思ったのは初めてだ。

スマホを開いて、ある男に連絡を入れる。

「……仁か？」

『おお、どうした？』

「あとで溜まり場に行く」

『え……どうしたん急に』

「お前に調べて欲しいことができた」

それだけ伝えて、通話を切った。

いつもひとりでサボっている教室で、ソファに座り窓の外を見る。

「……殺す」

心の底から出た言葉。

怒りを鎮めるように、俺は息を吐いた。

いったい、花恋をあんな場所に閉じ込めたのは誰だ。

あいつは警戒心が壊れているお人好しだが、バカではない。直感でわかる。

あんな間抜けをするとは思えないし、方向音痴であると自覚しているからこそ、ひとりであんな場所へ行くとは思えない。

　加えて、授業中だったことも重なって、俺には誰かが意図的に花恋を閉じ込めたという確信があった。

　言ってくれれば今すぐにだってどうにかしてやるのに、花恋は俺の助けを拒んだ。

　多分、自分で解決しようとでも思ってるのかもしれない。

　あんなしょうもないことをする奴らが、話してわかる人間なはずないだろ。

　そう思ったけど、無理強いはしたくなかった。

　言いたくないことを言わせるのもかわいそうだと思い、俺は自分で動くことにした。

　あいつに頼めば、犯人を調べるのも容易いだろう。

　それにしても……今回みたいなことは、初めてなのか。もしかすると、頻繁にあんな嫌がらせに遭っているんじゃないのか。

　最近はとくに疲れた顔をしていたし……。

　もしそうだとしたら……早く気づいてやれなかった自分の無能さに反吐が出そうだった。

　そういえば、生徒会でいつも終わるのが遅いことも、あの時間まで働くのが当たり前なのかと思っていた。

　気づいてやれる場面はいくらだってあったのに、あんな目に遭ったあとに気づくなんて、俺の目は節穴だ。

　相手の奴らよりも、自分自身への苛立ちのほうが大きかった。

　……こうやって後悔しても、意味がないか。

　今はただ、花恋のためにできることをするしかない。

　あいつが助けを求めてこないなら、こっちが勝手に動く。

　見守るなんて、性に合わないし心配すぎてじっとしていられない。

　そろそろ行くか……。

　なんとか、頭も冷えた。今なら冷静に話せるだろう。

　そう思い、俺は"LOST"の溜まり場に急いだ。

　早く仁に探らせて、一刻も早く花恋をあんな目に遭わせた奴らを消す。

　LOSTの力を借りるのは気が引けるが、花恋のためなら手段は選んでいられない。

　久しぶりに来た溜まり場の校舎。

　廃墟になった場所を、LOSTの奴らが勝手に改装して居座っている。

　不良の溜まり場にしては、小綺麗すぎる場所。

　扉を開け、溜まり場に足を踏みいれる直前だった。

「にしても、陸はほんま救いようがない奴やな。花恋がかわいそすぎるわ」

　……そんな会話が、聞こえたのは。

　今、かれんって言ったか？

　同名の可能性もあるが、俺は足を止めた。

「生徒会ってみんなあんなんか？　二重人格サイコパスみたいな奴が集まってん？」

　話を続けるそいつらの会話に、耳をすませる。

「そうだろ。だから生徒会は嫌いなんだ」

「はぁ……花恋も相当いじめられてるんやろうなぁ」

　……いじめ？

　生徒会……。

「せめて生徒会以外では、俺たちが守ったらななぁ……」

「……おい、花恋って誰のことだ？」

　話はだいたいわかった。疑いが確信に変わり、あとは照らし合わせるだけ。

「長王院さん……！　いつからおったんっすか！」

　驚いた顔でこっちを見たのは、確か……響、か。

　せめて幹部の名前くらい覚えてやれと言われて、全員の顔と名前を確認したから覚えている。

　俺は無言で、質問に答えろと訴えると、響はすぐに口を開いた。

「ああ、一ノ瀬花恋っていう女子が編入してきたんですよ」

　やっぱり……花恋で間違いないらしい。

「そいつ頭良くて、編入早々FSに入ったんですけど、生徒会でいやがらせ食らってるみたいっす」

　あいつらのやりそうなことだ。

　正直、生徒会のことはどうでもよかった。

　定期的に突っかかってくるのも、今までは無視をしていたが、たった今事情が変わった。

　──あいつらは潰す。

　理由なんて、花恋をいじめた。それだけで十分すぎる。

「華やかな生徒会にとっては、異物なんでしょうね〜。しかも、生徒会に入ったことでクラスの奴らからも嫌われて、ほんまかわいそうなんっすよ」

「地味だし全然可愛くはないですけど、いい奴ではあります。……いたっ」

響と話していた、確か蛍という一年。

最初の言葉に苛立ったが、悪意はないらしいから頭を叩くだけで抑えてやった。

花恋のどこが可愛くないのか、まったくわからない。

あいつ以外に可愛い奴なんか、この世にいない。

知れば知るほど可愛い。……誰も、気づかなくていいけどな……。

……ただ、今はそんなこと、考えてる場合じゃない。

あのバカは、どうして言わなかったんだ。

「ど、どうして殴るんですか長王院さん……」

「仁に、用事なくなったって伝えとけ」

不満げに頭を押さえている蛍にそう言って、俺は来た道へ足先を向ける。

「え？　も、もう帰るんっすか!?　仁斗さん楽しみにしてましたよ!!」

「……また来る」

そう言い残して、次の目的地へと急いだ。

スマホを取り出して時間を確認しようとしたが、できなかった。

「……ちっ」

さっきいじめの話を聞いている時、無意識にスマホを握って壊したらしい。

　画面が割れ、真っ暗になっていて、使い物にならない。

　今も花恋が怯えていると思うと、気が気じゃなかった。

　生徒会にも、花恋のクラスの連中にも……殺意しか湧かない。

　「学校はどうだ」と聞いても、いつも「楽しい」としか言わなかった花恋。

　そう言えば花恋はたまに寂しそうな表情をしている時があった。

　家族や知り合いを思い浮かべてそんな顔をしているのかと思っていたが、まさかこんな状態になっていたなんて。

　どうやらあいつには、「頼れ」と言うだけでは足りないらしい。

　……いや、俺が助けを求めるに足りなかった。

　いずれにせよ、もう誰にも……——あいつを傷つけさせはしない。

"シリウス" の名において

昼休みから、正道くんの悲しげな表情が頭から離れなかった。

授業中もずっと、気づけば正道くんのことを考えてしまっていた。

あの表情をさせているのが私だと思うと、なおさら罪悪感を感じる。

正道くん……私の引退が決まった時も、応援してくれていたから、こんなふうになっているなんて思わなかった……。

『カレンが決めた道なら、僕は応援するよ！』

『引退したら、ゆっくり休んでほしい。カレンはもう十分すぎるほど頑張ってくれたから！』

あれは……私に気を使って言ってくれた言葉だったのかな……。

正道くんは今……寂しがっている……？

私が引退して、傷ついてる……？

でも、ならどうして、最後の握手会には現れなかったんだろう。

てっきり、飽きられたものかと思っていたから……。

正道くんの気持ちが、わからないよ……。

放課後になり、ふぅ……とひと息つく。

　やっぱり、響くんと蛍くんがいない時は、女の子が攻撃
的だ……。
「ねえ、何かするなら今じゃない？　ぼっちだし」
「地味女の分際で、いつも響様と蛍様盾にして……」
「調子乗ってるよね～」
　極力、ひとりになるのは避けないとっ……。
　悪意のある視線を向けられ続けるのは、すごく疲れてし
まう。
　アイドル時代も、会場にわざわざ足を運ぶアンチの人が
いたり、握手会で暴言を吐いてくる人もいたけど……それ
とはまた違う辛さがあった。
　この狭い空間で、これからもずっと敵意を向け続けられ
ると思うと、気が重くなる。
　もし響くんと蛍くんがいてくれなかったらと思うと、本
当にゾッとする。
　きっと教室でひとりだったら、私は学校に来られなく
なっていたかもしれない。
　そのくらい、悲しみは溜まっていた。
「あのままおとなしく閉じ込められていればよかったのに」
　通りすぎざまに、ぼそっと石田さんがそう言ったのが聞
こえた。
　……っ。
　体育の授業が、トラウマになっちゃいそうだな……。
　早く片付けて、生徒会室に向かおう。
　そう言えば、放課後までに前髪をどうにかしろって言わ

れてたけど……結局何もできてない。

　と、というより、できないよっ。変装でわざとこうして
るのに……！

　正道くん、怒るだろうなぁ……。

　もうあんな正道くんの姿……見たく、ないなぁ……。

　ダメだ、今日はいろいろあって、疲れてる。

　いつもはこんなに弱気にはならないのに……。

「ほんと地味だよな、あいつ」

「生徒会にも……Aクラスにもふさわしくないって」

「あんな奴編入してこなきゃよかったのに」

　普段なら気にならない悪口も、今日は大きく聞こえる。

　耳に入るすべてが陰口な気がして、下唇をきゅっと噛み
しめた。

　早く教室から出たい……。

　生徒会室に行っても、同じような状況だろうけど……。

「花恋」

　カバンを持った時、隣の席から声がした。

　……え？

　その声は、教室では頑なに私の存在を無視していた陸く
んのもので、驚いて反射的に振りむく。

「生徒会、行かなくていいよ。今日はお迎えがあるらしい
から」

　そう言って、にっこりと微笑んだ陸くん。

　どういう、こと……？

　わからないけど、悪い予感がした。

　陸くんの笑顔が……何か悪巧みをしているように見えて、仕方なかったから。

「え……どうして会長が１年の階に……」

「嘘……！　生徒会の皆様が……！」

「FS生全員揃ってどうしたんだ……！」

　廊下が騒がしいことに気づいて、視線を移す。

　正道、くん……？

　教室に向かって歩いてきている、正道くんの姿が見えた。

　その後ろには、伊波さんの姿もあった。

　ほかの生徒会役員さんたちも正道くんの後ろに連なるように立っていて、ほかの生徒たちが羨望の眼差しを向けている。

　どうして、１ーAの教室に……？

「「「きゃあー!!」」」

　教室に入ってきた正道くんたちの姿を見て、クラスメイトが黄色い声を上げているなか、私だけがひとり顔を青くしていた。

　私の前で、立ち止まった正道くんたち。

　よく見ると……伊波さんだけが、苦しそうに表情を歪めていた。

「おい、ボロ雑巾」

　正道くんのひと声に、さっきまでうるさかった教室がしん……と静まる。

「俺が昼休みに言ったこと、覚えているか？」

『放課後までにその長い前髪をどうにかしろ。いいか、放

課後までだぞ』

　わざわざ、それを確認しにきたの……？

　いや、そういうわけじゃなさそうだ。

　だってこんな……ほかの役員さんたちも引きつれて……。

「……はい、覚えてます」

「俺はなんと言った？」

「この前髪を、どうにかしろと言いました……」

　私の言葉に、正道くんがふんっと鼻を鳴らす。

「そうだ。……理解した上で、従わなかったということだ
な？」

「……」

「俺は最後の忠告だと、親切に教えてやったはずだぞ？」

　正道くんはいったい……何をしにきたの……？

　嫌な予感が止まらなくて、冷や汗が頬を伝う。

　教室中の視線が私たちに集まっていて、今すぐここから
逃げだしたくなった。

「ねえ、あいつ何やらかしたの……？」

「知らないけど、いい気味〜」

「正道様に嫌われてるって、本当だったんだ」

　くすくすと、笑い声が入り交じっていた。

「俺の親切心を踏みにじるとは、お前は救いようのない奴
だな」

　あざ笑うようにそう言って、私を見下ろす正道くん。

「あの、見た目は……」

「うるさい。お前に発言権はない」

　そう一蹴し、意見も言わせてもらえない。

「その見た目で、神聖な生徒会室に踏みいることはもう許さない」

　正道くんはそう言って、伊波さんのほうを見た。

「おい、伊波。こいつの髪を切れ」

「え……？」

　伊波さんが、大きく目を見開かせた。

　私も、正道くんの言葉が理解できず、唖然としてしまう。

　今……髪を、切れって言った……？

　嘘、でしょう……？

「聞こえなかったか？　……おい陸、ハサミを用意しろ」

「はい」

　命令され、すぐにハサミを用意した陸くん。正道くんはそれを受けとり、伊波さんに押しつけた。

「ほら。これでこいつの長ったらしい前髪を切れ」

　何言ってるの……正道、くん……。

　髪を切るって……いくらなんでも、そんなこと……。

　伊波さんも困惑していて、ハサミを受け取ることを拒んでいる。

「正道様……それは……」

「なんだ？　俺に刃向かうのか？」

　機嫌が悪くなったのか、正道くんの声のトーンが下がる。

「放課後こそこそと、こいつの手伝いをしていたらしいな。目撃した生徒がいる」

　……っ。

　今、わかった。

　正道くんがどうしてわざわざ、教室まで来たか。

　この人は私をただ生徒会から追いだしたいだけじゃない……私を、痛めつけたいんだ。

　だから私にとって、生徒会の最後の砦である伊波さんとの仲を絶たせて、クラスのみんなの前で……見せしめのようにこんなことをしている。

　あんまりだよ、正道くん。

　どうして……そこまで、歪んでしまったの？

「お前はどっちにつく？　俺か、このボロ雑巾か」

　さっきまで笑っていた人たちも、みんな伊波さんの返事をじっと待っている。

　教室には、異様な静寂が流れていた。

　伊波さんは、正道くんの付き人だって言っていた。

　正道くんに、逆らえる立場ではないと思う。

　でも……お願い、伊波さん……。

　そんなこと、しないで……。いくら命令されたからって、伊波さんまでそんなことをするところは、見たくない。

　髪が切られるとか、そんなことはもうどうだっていい。

　伊波さんには……悪いことは悪いと、正義を貫いてほしかった。

　伊波さんが、ちらりと横目で私を見る。

「……私は……」

　その表情は……悲痛に歪んでいた。

「……正道様の、付き人です……」

　　　……っ。

　ハサミを受けとって、私のもとへと歩み寄ってくる伊波さん。

「そうだ。お前は俺に従っていればいい」

　伊波さん……。

　ショックで、視界がにじむ。

　変わりはててしまった正道くんにも、私の髪にそっと手を伸ばしてくる伊波さんにも、悲しくなった。

「ははっ、やば、ざまあみろって感じ」

「やっちゃえ伊波様」

「髪切ったところで、ブスは変わらないだろうけどな～」

　伊波さんが、そっとハサミの刃を開いた。

「お願い、やめてください、会長……」

　命乞いのように震える声でそう言えば、正道くんがにやりと口角を上げる。

「少しはマシになるといいな。おい伊波、早くしろ」

　怖い……。

　あんなに大好きだった正道くんが……。

　──今はただ、とても怖い。

　私の目から、涙がぼろぼろと溢れ出した。

「伊波、さん……」

　やめてっ……。

　伊波さんと視線がぶつかる。

　伊波さんは……。

「本当に、すみません……」

　私にしか聞こえないくらいの声で、そう言った。

　伊波さんの手が、私の前髪をつかんだ。

　心なしか、手が震えているように見える。

　伊波さんの動きが、スローモーションのようにゆっくりと見えた。

　そうだよ、ね……。

　付き人って言っていたから、伊波さんは正道くんに逆らえなくて、当然だ……。

　でも……友達になれたと、思ってた。

　伊波さんと一緒にいるのはすごく楽しくて、これからもっと仲良くなれたらいいなって、思ってたのに……。

　私を見て、くすくすと笑っているクラスメイトたち。生徒会の役員さんたち。

　愉快そうにほくそ笑んでいる……正道くん。

　どうしてこんなことになってしまったんだろうと思うと、涙が止まらない。

　私は……きっとこの学園に、来るべきじゃなかったんだ……っ。

　アイドルをやめて、普通の幸せを求めた私に……バチが当たったのかな……。

　怖くてたまらなくて、ぎゅっと目をつむった。

　誰か……助けてっ……。

「──おい」

　静かな教室に響いた、地を這うような低い声。

　私はその声が誰のものなのか、すぐにわかった。

てんせい、さん……？

教室にいる全員の視線が、天聖さんに移った。

「なんだ、この状況は」

低い声でそう言って、正道くんたちを睨みつけている天聖さん。

あれ……。

どうしてだろう……クラスメイトたち、というか……。

空間の空気が、一変したのがわかった。

天聖さんを見ながら、みんな唖然と口を開いている。

まるで、「どうしてこの人がここにいるんだ」と言いたげな表情で。

そして、私もその中のひとりだった。

どうして天聖さんが……。

「……誰かと思えば……LS生風情（ふぜい）がどうした」

正道くんが、天聖さんに向かってそう言った。

その声が、少し緊張しているように聞こえた。

緊張というか……怯え？

さっきよりも威張っている正道くんの態度が、虚勢を張っているように見えたんだ。

みんな静かに天聖さんを見つめ、息を飲んでいる。

まるで、恐ろしいものと対峙（たいじ）してしまった瞬間のように。

「お前ら、ずっとこんなバカみたいなことしてたのか」

天聖さんは、正道くんたちにそう言ったあと、私に近づいてきた。

「……花恋」

　さっきまで恐ろしいくらい低い声で話していたのに、私を呼ぶ声だけはいつものように優しい。

　その声に、もう大丈夫なんだと安心した。

　天聖、さん……。

　一番困っている時に、どうしてこの人はいつも……私を助けに来てくれるんだろう。

　ヒーローみたいに……颯爽と現れては、いつだって私を救ってくれる。

　天聖さんは、まだ私の髪を握っていた伊波さんを見た。

「その汚い手を退けろ」

「……っ！」

　伊波さんの手を払ってから、足で蹴飛ばした天聖さん。

　えっ……。

　本当に軽く蹴飛ばしたように見えたのに、伊波さんは正道くんたちのところまで飛んでいった。

　足が当たる時に聞こえた嫌な音から、相当痛かっただろうと想像できる。

「きゃああ!!!」

　クラスメイトたちが、怯えたように絶叫している。

　伊波さんは苦しそうに、お腹を押さえたまま動かない。

「花恋大丈夫か？」

　さっき人を蹴りとばした人とは思えないほど優しい声でそう聞いてきた天聖さんが、私をそっと抱き寄せた。

「えっ……てんせい、さん……!?」

「歩けないだろ」

あっ……。

私の足がすくんでいることに気づいていたのか、壊れ物を扱うように優しい手つきで抱きかかえてくれた。

そして、私の視界を隠すように、そっと白いジャケットをかけてくれる。

「おいやばいって……！　なんで長王院天聖がここにっ……」

「あの女……長王院様と知り合いなの……!?」

長王院……？

それって……。

響くんたちが言ってた……シリウスの……。

えっと……天聖さんが、長王院さんって人ってことは……。

ダメだ……今は恐怖で震えていて、頭も回らない。

天聖さんの腕の中で、震えを抑えるようにぎゅっと目をつむった。

「はっ……なんだ？　正義のヒーロー気取りか？」

正道くんの声が聞こえる。

やっぱり……正道くんの声、緊張しているみたい。

もしかして……正道くんは、天聖さんが怖い……？

ううん、正道くんだけじゃない。

ここにいる人たち全員、天聖さんに怯えているみたい。

「お前はしょせんLS生。この星制度において底辺の人間だ。生徒会の事情に、LS生が口を出すなど許され――」

「黙れ二番星」

たったひと言なのに、天聖さんの発言で教室が静まった。

　天聖さんは口数が少ないけれど、そのぶん……ひと言ひと言が重くて、圧があるように聞こえる。

　いつも優しい天聖さんの、こんな怖い声は初めてだ。

　二番星って……正道くんの、こと？

「貴様ッ……」

　正道くんの、悔しそうな声が聞こえた。

　まだ体の震えが止まらなくて、ぎゅっと天聖さんの胸に顔を押しつける。

　すると、天聖さんが空いているほうの手で、私の頭をそっと撫でてくれた。

「安心しろ。もう誰にもお前を傷つけさせない」

　耳もとで囁かれた、これでもかというほど優しい声。

　その声に、少しずつ震えが治まる。

「……ちょうどいい。これの使い道に困ってたからな」

　ぼそりと、独り言のように呟いた天聖さん。

　これ……？

　私は意味がわからず疑問に思ったけど、どうやらわからなかったのは私だけらしい。

　教室が、張り詰めた空気になった。

「お前、まさか……」

　声色から、正道くんがひどく焦っているのがわかる。

「やめろ……！！」

「――命令だ」

　正道くんの制止も聞かず、天聖さんが口を開いた。

　命令……？

　そう言えば……。

『それに……シリウスになると、ひとつだけ願いを叶えて
もらえるんだ』

『願いを、叶える……？』

『命令制度って言うんだけど、そのシリウスの命令は絶対
だから、ほかの生徒は従わなきゃいけない。生徒だけじゃ
なく、教師も』

　私は、蛍くんの言葉を思い出した。

　これがその、命令制度？

「"シリウス" の名において、望みを告げる」

　しん……と静まる教室で、天聖さんの声だけが響いた。

「──花恋に対するいっさいの悪事を禁止する」

【続く】

afterword

あとがき

　このたびは、数ある書籍の中から「極上男子は、地味子を奪いたい。① ～トップアイドル（♀）正体を隠して編入する～」を手に取ってくださり、ありがとうございます。

　第1巻、楽しんでいただけましたでしょうか？

　前作である総長さまシリーズが終わり、ありがたいことに「また総長ものが読みたい！」というお声を読者様からいただき、本作の執筆が始まりました。

　総長さまシリーズからいくつかの設定を受け継ぎ、バージョンアップした新シリーズとして本作も楽しんでいただけるとうれしいです！　王道・胸キュン・溺愛全開で執筆してまいります！

　本作は、元トップアイドルの花恋ちゃんが高校生活を送りたい！と変装して普通の高校生になるお話です。学園で出会ったイケメン男子たちと様々な展開が繰り広げられ、溺愛学園生活を送ります。

　第1巻ではまだまだ溺愛要素が少なめですが、2巻、3巻……と巻数が上がるにつれヒートアップしていきます！

　読者様にとって「何度でもときめくことのできる作品」にできるように頑張ります！

　１巻のラストでは、命令制度を使い花恋を守った天聖。天聖の命令が発令し、２巻ではどうなるのか……！　また、２巻では正道との関係にも変化が起きます！

　花恋ちゃんの正体がいつバレるのか……などもぜひお楽しみに！

　波乱万丈な花恋ちゃんの学園生活を、読者の皆様にも花恋ちゃんと一緒にドキドキな溺愛ライフを体験していただけるとうれしいです！

　１巻では登場しなかった生徒会メンバーや謎ばかりのLOSTのメンバーも続々登場いたします！

　最後に、本書に携わってくださった方々へのお礼を述べさせてください。

　素敵なイラストを描いてくださった漫画家の柚木ウタノ先生。

　そして、今この作品を読んでくださっている読者さま。書籍化するにあたり、携わってくださったすべての方々に深く感謝申し上げます！

　ここまで読んでくださって、本当にありがとうございました！

　またお会いできることを願って！

2021年4月25日　＊あいら＊

作・＊あいら＊

ハッピーエンドを専門に執筆活動をしている。2010年8月『極上♥恋愛主義』が書籍化され、ケータイ小説史上最年少作家として話題に。そのほか、『お前だけは無理。』『愛は溺死レベル』が好評発売中（すべてスターツ出版刊）。シリーズ作品では、『溺愛120％の恋♡』シリーズ（全6巻）に続き、『総長さま、溺愛中につき。』（全4巻）が大ヒット。胸キュンしたい読者に多くの反響を得ている。ケータイ小説サイト「野いちご」で執筆活動中。

絵・柚木ウタノ（ゆずき　うたの）

3月31日生まれ、大阪府出身のB型。2007年に夏休み大増刊号りぼんスペシャル「毒へびさんにご注意を。」で漫画家デビュー。趣味はカラオケと寝ることで、特技はドラムがたたけること。好きな飲み物はミルクティー！　現在は少女まんが誌『りぼん』にて活動中。

ファンレターのあて先

〒104-0031

東京都中央区京橋1-3-1

八重洲口大栄ビル7F

スターツ出版（株）書籍編集部 気付

＊あいら＊先生

KEITAI
SHOUSETSU
BUNKO
野いちご SINCE 2009

極上男子は、地味子を奪いたい。①
～トップアイドル（♀）正体を隠して編入する～

2021年 4月25日　初版第1刷発行
2021年11月10日　　　第3刷発行

著　　者　　＊あいら＊
　　　　　　©＊Aira＊ 2021

発 行 人　　菊地修一

デザイン　　カバー　粟村佳苗（ナルティス）
　　　　　　フォーマット　黒門ビリー＆フラミンゴスタジオ

Ｄ Ｔ Ｐ　　久保田祐子

編　　集　　黒田麻希

編集協力　　ミケハラ編集室

発 行 所　　スターツ出版株式会社
　　　　　　〒104-0031 東京都中央区京橋1-3-1　八重洲口大栄ビル7F
　　　　　　出版マーケティンググループ　TEL03-6202-0386
　　　　　　（ご注文等に関するお問い合わせ）
　　　　　　https://starts-pub.jp/
印 刷 所　　共同印刷株式会社
Printed in Japan

ISBN　978-4-8137-1078-3　C0193

ケータイ小説文庫　2021年5月発売

NOW PRINTING

『溺愛王子は地味子ちゃんを甘く誘惑する。(仮)』 ゆいっと・著

高校生の乃愛は目立つことが大嫌いな、メガネにおさげの地味女子。ある日お風呂から上がると、男の人と遭遇！ それは双子の兄・嶺亜の友達で乃愛のクラスメイトでもある、超絶イケメンの凪だった。その日から、ことあるごとに構ってくる凪。甘い言葉や行動に、ドキドキは止まらなくて…？
ISBN978-4-8137-1091-2
予価：550円（本体500円＋税10%）

ピンクレーベル

NOW PRINTING

『超人気アイドルは、無自覚女子を溺愛中。(仮)』 まは。・著

カフェでバイトをしている高2の雪乃と、カフェの常連で19歳のイケメンの颯は、惹かれ合うように。ところが、颯が人気急上昇中のアイドルと知り、雪乃は颯を忘れようとする。だけど、颯は一途な想いをぶつけてきて…。イケメンアイドルとのヒミツの恋の行方と、颯の溺愛っぷりにドキドキ♡
ISBN978-4-8137-1093-6
予価：550円（本体500円＋税10%）

ピンクレーベル

NOW PRINTING

『DARK & COLD ～月のない夜～ (仮)』 柊乃なや・著

女子高生・瑠花は、「暗黒街」の住人で暴走族総長の響平に心奪われる。しかし彼には忘れられない女の子の存在が。諦めたくても、強引で甘すぎる誘いに抗えない瑠花。距離が近づくにつれ、響平に隠された暗い過去が明るみになり…。ページをめくる手が止まらないラブ＆スリル。
ISBN978-4-8137-1092-9
予価：550円（本体500円＋税10%）

ピンクレーベル

NOW PRINTING

『君がすべてを忘れても、この恋だけは消えないように (仮)』 湊 祥・著

人見知りな高校生の栞の楽しみは、最近図書室にある交換ノートで、顔も知らない男子と交換日記をすること。ある日、人気者のクラスメイト・樹と話をするようになる。じつは、彼は交換日記の相手で、ずっと栞のことが好きだったのだ。しかし、彼には誰にも言えない秘密があって…。
ISBN978-4-8137-1094-3
予価：550円（本体500円＋税10%）

ブルーレーベル

書店店頭にご希望の本がない場合は、
書店にてご注文いただけます。